KEITAI
SHOUSETSU
BUNKO
野いちご SINCE 2009

涙空 上
~雨上がりにキスをして。~

白いゆき

スターツ出版株式会社

カバーイラスト／花乃子

君を忘れるために
どれほどの涙を流しただろう
空を見上げると切なくて
逢いたくて
声が聞きたくて
何度も忘れようとしたけど
やっぱり君じゃなきゃ
ダメだった
君しか見えなかった

contents.

プロローグ	6

第1章　雨恋

空の下で	8
本当の君	29
悲しい告白	58
優しい嘘	93
再会	150
切ない想い	181
思い出の海	218

プロローグ

この幸せが
永遠に続くと信じてた

手をつないで
抱きしめ合って

"ずっと一緒にいる"
そう約束したあの頃

たったの17歳だった

約束を守れなくて
ごめんね

生きる意味をさがして
君の幸せを願った

あたしの最後の恋だった……

第1章
雨恋

君に恋をして

雨が好きになった

君の優しさ

君のうしろ姿

その大好きな笑顔を思いだすから

君を想って泣くとき

雨が涙を隠してくれるから

空の下で

∴∴　椎香side　∴∴

　将来の夢なんてない。

　目標さえもない。

　ただ、毎日同じ生活をしているだけ。

　まわりの人と同じように学校に行って、友達とくだらない話をして、同じことの繰り返し。

　生きている価値なんかなくたって。

　生きる意味なんかなくたって。

　あたしはべつに、死ぬ気だったわけじゃない。

　──16歳、冬。

　12月に入ると本格的な冬がきて、寒さは一層厳しくなった。

　空は晴れていても、柔らかな弱々しい陽射し。

　冷たい北風が吹くたび、落ち葉が踊る。

　青葉高校の正門前で立ち止まったあたしは、小さなため息をつく。

「学校、行きたくないな……」

　ボソッとつぶやいたあたしは、空を見上げた。

　今年もやってきた。

　12月3日。

　あたしが一生忘れることができない日……。

重たい足をゆっくりと進め、校舎の廊下、１年Ｄ組の前で止まる。

　──キーンコーン、カーンコーン。

　２時間目の授業がはじまるチャイムと同時に、あたしは教室へと足を踏み入れた。

「しぃー！　おはよぉ」

　あたしの前の席の繭が、振り向いてニコッと笑った。

「……おはよっ！　繭」

　いつもと変わらないようにと、必死に明るく振舞った。

　あたし、朝日椎香のことを、まわりにいる人たちはみんな "しぃ" と呼ぶ。

「しぃが遅刻なんて、めずらしいじゃん」

　あたしのとなりの席に座る亮太は、机に頬杖をついて微笑む。

　才色兼備の繭と、優しく人柄が良い亮太とは、同じ中学出身で仲良しの友達。

　ふたりとは、高校でも同じクラスになった。

「寝坊しちゃったんだよねっ」

　作り笑顔で答えるけど、話すのも、息をするのも、胸のあたりになにかつかえるような違和感がぬぐえない。

　ダメだ……やっぱり、今日はダメ……。

　うまく笑えない。

　無理して笑おうとすると、涙が出そうになる。

　ふたりに心配させたくないのに、いつものように笑えない。

「えっ？　ちょ、しぃ!?　どこ行くんだよ？」

　教室を出ようとするあたしの腕を、亮太がうしろからつかんだ。

「ごめん、サボる……っ」

　あたしは笑顔で亮太に言ったけど、亮太のうしろにいた繭と目が合い、泣きそうになった。

「サボるって、いま来たばっかじゃん……おい！　しぃ！」

　亮太の腕を振り切ったあたしは、教室から出ると同時に扉を閉め、そこにもたれかかった。

「……ほっといてあげようよ、亮太」

　扉越しに聞こえた繭の声。

　そのまま目を閉じたあたしは、ふたりの会話を聞いていた。

「しぃ、どうしたんだろーな？　遅刻なんてめずらしいし……授業サボるなんて、しぃらしくないよな」

「だから、ほっときなって……」

「んだよ、繭は冷てぇな？　俺ら、しぃの友達だろ？」

「うちらには、なにもできないもん」

　やっぱり繭はわかっていた。

　今日がなんの日かを覚えていた。

「今日はしぃの……」

「えっ……あぁ、今日って……そっか」

「うちらがしぃにできんのは、英語のノート取っといてあげるくらいだよ。亮太もいつも通りにしてあげて」

「わかったよ……。でもせめて繭だけでも、しぃのそばに

いてやったら？」

　扉にもたれたまま、あたしは強く下唇を噛みしめる。

「……なんて言ってあげたらいいか、わかんない」

「そばにいてやるだけでいいんじゃね？　今日はいままでとは、ちがうんだからさ」

　亮太の言葉が、あたしの心の奥深くに突き刺さる。

　そう、いままでとはちがう。

　昨年までとは、ちがうんだ。

「ひとりでいたいのかもしれないし……」

「それでも友達かよ？」

「そっと見守ってあげようよ」

　繭も亮太も、いつもあたしに優しい。

　でもたまに、わざとらしく感じるときもある。

　それほどふたりは、あたしに優しい言葉しか言わない。

　あの日から……ずっと。

「亮太、プレゼント買った？」

「あ……今日の放課後、買いにいきます」

　あたしは扉から離れると、誰もいない廊下を歩いていく。

　高校に入ってから、初めて授業をサボった。

　学校の屋上に来るのも、今日が初めてだった。

　風は冷たいけど、澄んだきれいな青い空が広がっている。

「よっ……と」

　あたしのお腹あたりまである高さの柵。

　柵を乗り越えると、端まで１メートルの幅もなかった。

下を見ると、ほかのクラスがグラウンドで体育の授業を
やっているのが見えた。
「ここから落ちたら……完全に死ぬよね」
　あたしは、落ちるか落ちないかギリギリの場所に腰を下
ろして座ってみた。
　大きく息を吐きだしたあたしは、空を見上げる。
　あの鳥みたいに空を飛んで、いますぐ君のとこまで行け
たらいいのに。
　そばにいる、それだけでよかった。
　君のいない毎日は、悲しくて、寂しくてどうしようもな
かった。
　横に置いたカバンの中から手帳を取りだし、たくさん貼
られたプリクラを見つめる。
　ふたりの思い出が、ここにいっぱい詰まってる。
　あたしたち……ちゃんと愛し合ってた。
　だって、プリクラの中のふたりは幸せそうに笑ってる。
　ずっと一緒だって、そう約束したのに……。
「……嘘つき」
　この先、あの着信音が鳴ることなんてない。
　君からの着信は、もう二度とないのに。
　それなのに、あたしは今日も、起こるはずのない奇跡を
心のどこかで待ってる。
　鳴らないケータイを何度も見る。
　それがあの日から、クセになってしまった。
「逢いたいよぉ……っく……」

雨恋 》》 13

　プリクラの上に、涙の粒がポタポタと落ちていく。

「ずっと一緒にいるって言ったのに……どうして……」

　ねぇ……今日はなんの日か覚えてる？

　あたしのことはすべて忘れて、君はいまごろ、好きな人と笑ってるのかな……。

　このプリクラみたいに、幸せそうな笑顔で……。

　ねぇ……君はいま、幸せ？

　あたしは君がいなきゃ幸せになれないよ。

　そばにいてくれることが、あたりまえになっていた。

「あたし……なにがダメだったのかな……」

　別れてから５ヵ月。

　君を忘れた日なんてない。

　君の声も、君の優しい笑顔も、君の香りも。

　夜眠る前、目を閉じると浮かぶ。

　いっそのこと、君と過ごした記憶全部、忘れたい……。

　こんなに苦しくて、こんなに切ないなら……恋なんてしなきゃよかった。

　だって……あたしは、君を忘れることなんてできないから。

　あたしの忘れられない人、名前は勇人という。

　勇人と付き合った期間は、約２年半だった。

　中学１年の12月。

　３年前の今日、あたしと勇人は付き合いはじめた。

　初めてのデートをして、初めてのキスをした人。

繭や亮太と４人で一緒に遊ぶこともいっぱいあった。

つらいとき、悲しいときはいつも勇人の胸で泣いた。

勇人がいるからあたしは笑えた。

勇人はあたしのすべてだった。

勇人がいなきゃ、生きていけない。

それほど大切な存在だった。

ずっと一緒にいてくれるって、好きだよって。

何度もそう言ってくれたのに……。

サッカー部だった勇人は、高校もサッカーの強豪校に進学した。

でもあたしは、繭や亮太と同じ高校に進学した。

離れても大丈夫だって、そう思っていた。

なにより勇人を信じていたから。

だって、これからもずっと俺の好きな女の子はしぃだけだって、一生変わらないって、そう言ってくれていたから。

でも高校１年の夏休み前、勇人から別れの電話があった。

『好きな人ができた。しぃのことはもう、好きじゃなくなった』

あまりに突然で、頭の中はまっ白で、なにも言葉が出てこなかった。

いままで愛し合ってきたことがすべて嘘だったかのような、勇人の別れの言葉。

別れるとき、優しい言葉はひとつもなかった。

小さな子供みたいに泣きすがることもできなくて、返事したかどうかもろくに覚えていないまま、電話を切った。

いっそのこと人形になれたらいいと思った。

雨恋 ≫ 15

　感情も涙もない人形に。
　なにも感じない心になれたらいいのにって、そう思った。
　なにもする気になれず、ボーッと空を眺めるばかりの
日々が続いた。
　そんなふうに過ごしているうちに、だんだんと失恋した
ことを実感してきた。
　鳴らないケータイ。
　いくら電話をしても、何度メールをしても、勇人から返
事がくることはなかったから。
　ご飯も食べたくなくて、毎日泣いてばかりで、夜も眠れ
なかった。
　抜け殻同然だった。
　どうしようもなかったあたしにとって、夏休みは唯一の
救いだった。
　だから高1の夏休みは、なにも思い出がない。
　ほとんど家にこもりきりだった。
　どれだけ泣いても、涙が枯れることはなかった。
　"あのとき"と同じ。
　生きているのか死んでいるのか……よくわからなかった。
　それでも元気にならなきゃいけないと思うようになった
のは、家族や繭や亮太が、あたしのことを心配してくれた
から。
　失恋ぐらいでって、人は言うかもしれない。
　でも、勇人はあたしのすべてだった。
　勇人がいない生活なんて考えられなかった。

考えたこともなかった。

　勇人を忘れる方法も、この想いをどうすればいいのかも、あたしにはわからなかった。

　屋上の端に座るあたしは、空に手をかざした。

　今日はなぜか、空の色がきれいに思える。

　あたしにはまだ、そんなふうに思える心があったんだ。

　カバンからiPodを取りだして、イヤホンを両耳に入れる。

　立ちあがったあたしは、遠くの景色を見つめた。

　目を閉じて、冷たい風を感じながら……勇人との思い出の曲を聞いて、あの頃を思いだしていた。

　逢いたいよ……勇人……。

「……っ!?」

　いきなり腕をつかまれたのと同時に体ごとうしろに引っぱられ、耳の穴からイヤホンがはずれた。

「んぐっ」

　あたしの顔は、誰かのかたい胸もとにぶつかる。

　誰かに抱きしめられたまま、目をパチパチとさせるあたしは、ゆっくりと顔を上げる。

　すると、そこには見覚えのある顔。

「い、い、伊吹くん!?」

　あたしを抱きしめていたのは、伊吹くんだった。

　一瞬、まちがって下に落ちたのかと、心臓が止まったかと思うくらいに驚いた。

　でもこのとき、あたしはハッキリと気づいたんだ。

生きている価値なんかなくたって、生きる意味なんかな
くたって。
　君がいない毎日でも、あたしは死にたくないんだってこ
と。
　必死に息をしていたんだってこと。
「なにやってんだ、バカかおまえっ!!」
　伊吹くんの怒鳴り声に、思わず目をぎゅっと瞑った。
「死のうとするなんてっ」
「……へっ?」
　伊吹くんはあたしの体を離すと、あたしの両肩を強くつ
かんだ。
「なんで死ぬんだよっ!!　死んだらラクになれるなんて、
誰が言ったんだよっ!?」
　伊吹くんは、顔を赤くしながら、ものすごい剣幕であた
しを怒鳴りつけた。
「あ、あの……ごめん……」
「あんっ?」
「とりあえず……肩、痛いです」
「え?　あぁ……」
　伊吹くんは、強くつかんでいたあたしの両肩から手を離
した。
「思い直したか?」
「あ、あぁ……はい」
　なにか勘ちがいしているようだけど、あたしはとりあえ
ず適当に返事をした。

「よし」

「えっ!?　ちょっと……」

　伊吹くんはあたしの体を軽々と持ち上げると、柵の内側へと下ろした。

「なにやってんだよ……ったく」

　勘ちがい……なんだけどな。

「はぁー、マジでビビった」

　伊吹くんも柵を越えると、あたしのとなりにあぐらをかいて座った。

　この人は、うちのクラスの……いや、学校一のモテ男。

　茶髪で耳にはピアス、制服のズボンは腰でゆるめに履き……なんて言うか、見るからにチャラ男。

　11月にあった文化祭の企画では、"カッコいい人ランキング"、"彼氏にしたい人ランキング"で、ともに第1位に選ばれていた。

　名前は、伊吹渉という。

　同じクラスだけど、ほとんど話したことはない。

　というか、彼は学校を休みがちであまり見かけない。

　それなのに文化祭のランキングで1位に選ばれるなんて、本当にすごいと思う。

　あたしみたいなごく普通の生徒とは、わけがちがう。

「あのぉ、伊吹くん」

「ん？」

「あたし、死のうとなんてしてないから」

「は？」

雨恋 >> 19

「死にそうな顔なら、してたかもしれないけどっ」
「え……？」
　あたしは笑顔を見せた。
　なんだ……あたし笑えるじゃん……。
「おまえ、だって……あんなギリギリのとこに立ってんの
見たら、死のうとしてんじゃねぇかって普通思うだろっ」
　伊吹くんがあせったのもわかる。
　あたしだって、ほかの人がそうしてたら飛び降り自殺で
もするんじゃないかって思っちゃうかも。
「なんかさぁ……空は青いんだなって思って」
「……は？」
「鳥になれたらなって」
　伊吹くんは、ジッとあたしの目を見つめて黙りこむ。
「どぉしたの？」
「えっと……朝日椎香は、不思議ちゃんだったんだな」
「ちがうって」
「空は青いし、鳥になって空を飛びたかったんだろ？」
「……伊吹くんには、わかんないよね。あたしの気持ちは」
「わかんねぇ。つーか、俺が"あぶねーよっ"て、何度も
叫んでるのに、振り向きもしねぇし」
「イヤホンで音楽聞いてたから気づかなかったみたい」
「どんだけ爆音で聞いてんだよ？」
「瞑想もしてたみたい」
「やっぱ不思議ちゃんじゃねーか……妄想って」
「瞑想っ！」

「どっちでもいーよっ」

　こんなふうに伊吹くんと話すのは、初めてだ。

　入学当時から噂だけは耳にしていた。

　女好きだとか、不良たちとケンカばかりしてるだとか、タバコを吸っているとか……ほかにもいろいろ。

　噂で判断するなんてよくないけど、怖い話ばかり聞くから、勝手だけど苦手意識がずっとあった。

　あたしとは住む世界がちがう人なんだなって思っていた。

　でも実際に話したら、噂に聞いたような怖い人ではなさそうな気がした。

　だって、あんなに必死になって、あたしを助けようとしてくれた人だから。

「ところで、伊吹くんはどぉしてここに？」

「渉でいいよ？」

　なんか言い方からして軽い。

「い・ぶ・きくんは、なぜここに？」

　あえて名字をハッキリと言ってやった。

「おまえこそ、授業中だろ？」

「そういう伊吹くんはなんなのよ？　同じクラスなのに」

　彼は、その場に寝転がった。

「俺はいつもここで昼寝」

「寒くないのっ!?」

「俺寒いの平気」

「どーりで授業にほとんど出てないわけだ」

あたしは、寝そべる伊吹くんの頬を指でつねった。

「椎香もサボリだろ？」

「さっそく呼び捨てですか？」

「みんな"しぃ"って呼んでるし、俺も"しぃ"にするわ」

　さすが女慣れしてるというか、ノリが軽い。

　女好きという噂は、まちがいではないのかもしれない。

　だとしたら、やっぱりあたしの苦手なタイプだ。

「俺のことも渉でいいからさ」

　ニッコリと笑う伊吹くんに、あたしはため息で返した。

　やっぱり人気のある人はちがう。

　きっと誰にでも笑顔で接することができて、あまり話したことのない相手にも冗談を言える。

　彼は、誰とでもすぐに仲良くなれる人なんだろうなって思った。

「……気が向いたら、呼んでみます」

「あっそ。なんか、しぃって変わってんな」

「伊吹くんに言われたくないですが」

「急に敬語使うし」

「悪い？」

「渉って呼んでみて？」

　完全にからかわれている気がした。

「しつこいよね、だいぶ」

　しかも、全然話が噛み合わない。

「しつこいとか、そんなハッキリ言っちゃうんだ？　命の恩人なのに」

「だから、死ぬ気なんてなかったってば」

「まぁ……死にたいと思ってるヤツほど、必死で生きたことなんてないんだよ」

「えっ?」

　笑っていたのに、急に真剣な顔つきになる彼。

「しぃは?　死にたいと思ったことあんの?」

　死にたいって、思ったこと……?

「そりゃ、誰にだってあるでしょ。死にたいって思うことぐらい……」

「そーか?　俺は、ねぇーけど」

「よっぽど、幸せな人生なのね」

「ふっ」

　彼は、鼻で笑った。

「なに?　その笑いは」

「いーや。幸せな人生かぁーって思って」

「うらやましいよ。伊吹くんって、なにも悩みなさそぉだもんね」

　あたしの言葉に、伊吹くんは起き上がって微笑む。

「しぃーちゃん?　人を見た目で判断してはいけませんねぇ」

　伊吹くんはあたしの額のまん中を、人差し指でツンと押した。

「悩みあるの?」

「うーん……モテすぎちゃうとこ?」

「聞いたあたしがバカでしたよっ!」

完全に振り回されている。

　そのとき、彼は着ていたブレザーをあたしの肩にそっとかけてくれた。

「え？」

「風邪ひくよ？　しぃーちゃん」

「アンタだって……」

「俺はセーター着てるから平気」

　伊吹くんは立ち上がると、空に向かって大きく深呼吸をした。

「……ありがと」

　肩にかけてくれたブレザーをぎゅっとつかんで、あたしは小さな声でつぶやいた。

　ふざけてたくせに、急に優しいことをされると、なんか戸惑ってしまう。

「ねぇ……」

「ん？」

「さっき、死にたいと思ってるヤツほど必死で生きたことないって言ってたけど……」

「あー、うん」

「あたしはそうは思わないな」

「ちがう？」

「必死に生きてるから、疲れて死にたいって思うこともあるんじゃないかなって思う」

　そう言うあたしは必死に生きてきたのか、疑問だ。

　伊吹くんは、空を見上げたまま言った。

「でも死んだらラクかどうかなんて、誰も知らないだろ？
死んだ人間から聞くことできねぇし」

「まぁ、そうだけど」

「しぃがどう思ってもいいけど、俺には弱い人間の言い訳
にしか聞こえねぇから」

「あっそ！　ずいぶんひどい言い方すんだね」

　伊吹くんは、無言の笑みを浮かべた。

　ここじゃ伊吹くんがいてひとりになれないし、ほかの場
所に行こう。

「あたし教室に戻るから」

　あたしは立ち上がり、借りたブレザーを伊吹くんの体に
かけた。

「もう行くのか？」

「べつにいいでしょ。じゃーね」

　その場を去ろうとした瞬間、うしろから伊吹くんに腕を
つかまれる。

「……どうして泣いてたんだ？」

　そんなに見つめないでよ。

　泣いてた理由も聞かないで。

「……その瞳で、いままで何人の女の子を落としてきた
の？」

「質問返しすんなよ」

「腕、痛いんですけど」

「あ？　あぁ」

　伊吹くんは、あたしの手を離した。

「べつに、言いたくなかったらいいけど」

「……うん」

「でも、教室に戻る気なんてないんだろ？」

　なんかこの人、本当にイヤだ。

　あたしの心を見透かしているかのように、核心を突いて
くる。

「授業に出ます」

「あっそ」

　伊吹くんはふてくされたように、その場にあぐらをかい
て座りこんだ。

　あたしは少し歩いたところで、足を止める。

「ねぇ、女好きって噂……ホント？」

　振り返ると、彼は笑顔であたしを見ていた。

「まぁ、男好きではない」

「ひねくれてるっていうか、なんていうか」

　まじめに聞いたあたしがバカでしたよ。

「お互い様だろ？」

「さっきから、ふざけてばっかり……」

「しぃがヘンな質問ばっかりしてくるから」

「じゃあ……忘れられない恋したことある……？」

　こんなこと聞いたって、なにも変わらない。

　あたしの寂しさや悲しさが消えるわけでもない。

　女好きかどうかはともかく、伊吹くんはあたしよりも
きっと、たくさん恋愛をしてきているはず。

　その中には、いなかった？

忘れられない人とか、本気で恋をした人とか……。
「大好きだった人を忘れるには、どうしたらいいのかな？」
「……べつに、忘れなくていいじゃん」
「え……？」
　予想もしない答えが返ってきたから、少し動揺した。
「好きでいれば？」
　そんなにあっさり答えられるとは思わなかった。
「相手には好きな人がいて、もう付き合ってるかもしれないんだよ？」
「忘れようって必死になったって、どーにもなんねぇ気持ちもあんだろ」
　あたしは伊吹くんのそばに座った。
「そいつ以上に好きになれるヤツと出逢うしかねぇじゃん」
「でも……ほかの人を好きになるなんて考えられないよ」
「だから無理に忘れようとするんじゃなくて、そいつを好きなままでいれば？」
　ため息をついたあたしは、空に向かってつぶやく。
「本当……つらすぎて泣きたくなる……」
「忘れようってがんばるから、余計につらいんじゃねーの？」
　つらい毎日から逃げたくて、忘れたい、忘れなきゃって、必死になっていたのかもしれない。
「泣きたいなら泣けばいいじゃん」
「え？」
　伊吹くんは、いきなりあたしを抱きしめた。

雨恋 ≫ 27

「は、離してっ」
　伊吹くんの腕の力が強くて、どんなにもがいてもほどけない。
「なにふざけてんのよっ」
　離れようとするあたしを、伊吹くんはぎゅっと強く抱きしめる。
「死ぬほど泣けば？」
　その言葉を聞いた瞬間、あたしは動けなくなった。
　涙があふれて、止められなかった。
　気持ちがゆるんだのは、きっと寂しかったから。
　涙が出なくなるまで、泣いてもいい……？
　息ができなくなるくらい、思いきり泣いてもいい……？
「泣き終わるまで……そばにいてやるから……」
　頭の上から伊吹くんの優しい声が聞こえた。
「……っ……っく……」
　必死に抑えつけていた気持ちが一気にあふれだして、彼の胸で泣いた。
　寂しくて、悲しくて、苦しくて死にそうになるくらい泣いた。
　誰かの胸で泣くのは、ひとりで泣くときとはちがう。
　優しく背中をたたいてもらうだけで、頭をなでてもらうだけで、こんなに落ちつけるんだって知った。
　ねぇ……勇人。
　いまでも勇人のことが好き。
　大好きで、どうしようもない。

逢いたいよ……。

あたしのなにがいけなかったの？

どうして、ほかの人を好きになったの？

あんなに好きって言ってくれたのに、どうして……？

ねぇ、今日はあたしたちの記念日だよ。

それともうひとつ、なんの日か覚えてる？

今日……あたしはあの場所へひとりで行くよ。

本当は勇人にも一緒についてきてほしかった。

忘れられないあの日。

あたしが大切な人を……殺した日。

本当の君

∴∴ 椎香side ∴∴

ふざけたり、急にまじめになったり。

ニコニコしていたのに、急に冷たくなる。

口は悪いけど、優しいときもある。

どれが本当の伊吹くんなの——？

午前8時すぎ。

「……ふぁ〜ぁ」

あくびをする大きな口を手で押さえながら、学校の門を
くぐった。

昨日もろくに眠れなかった。

それでも、胸につかえていたなにかがスーッと取れたみ
たいに、今朝の気分はいままでと明らかにちがった。

やっぱり、伊吹くんのおかげ……？

「ちがーうっ」

あたしの大きなひとり言に、下駄箱のまわりにいた生徒
たちが一斉にあたしを見る。

はずかしくなって、あたしはうつむいた。

「なにがちがうの？」

靴を持ったまま振り返ると、うしろに繭が立っていた。

「繭、おはよ。昨日はごめんね？」

あたしがあやまると、繭は頬をプクッとふくらませた。

「授業サボるって言うから戻ってくるのかと思ったら、あのまま帰っちゃうなんて」

「うん……ごめん」

「メールぐらい返してよね。心配するから」

　繭は、あきれたようにため息をつく。

「心配かけて、ごめんね」

　繭は、いつもそう。

　あたしから話さないかぎり、繭からはなにも聞いてこない。

　それが繭の優しさなんだと思う。

「しぃーっ」

　うしろから聞こえたあたしを呼ぶこの声。

　あたしは両手で耳をふさぎ、聞こえないフリをする。

「ぎゃっ！」

　誰かがいきなり、うしろからあたしを抱きしめた。

　顔だけ振り向くと、やっぱり伊吹くんだった。

「ちょっ、なにすんのよっ!?」

　腕をほどこうと必死になるけど、力が強くて勝てない。

「離してってばぁ」

「冷てぇなぁ。俺ら深い仲になったじゃんかぁ」

「なっ……！」

　みんなの前でそんなこと言ったら、誤解されてしまう。

「ふ、深い仲って……バカじゃないのっ」

　大きな声で、あわてて否定した。

「しぃ……いつから伊吹とそんな関係に？」

繭を見ると、驚いた表情であたしを見ていた。

繭がびっくりするのも当然だよね。

いままであたしと伊吹くんは、ろくに話したことなんてなかったんだから。

「繭、誤解しないで」

「まさか、ふたり付き合ってるの？」

「ち、ちが———うっ！」

あたしの大きな声が、再びまわりにいた生徒たちの注目を集めてしまった。

「にひっ」

満面の笑みを見せる伊吹くんを、あたしは下からにらみつける。

本当になんなの、コイツ。

こんなヤツの前で泣いたなんて……。

朝日椎香、一生の不覚だわ。

教室にいる伊吹くんを、久しぶりに見た。

教科書を机の上に立てて、窓際のいちばんうしろの席で気持ちよさそうに眠っている。

いつも屋上で昼寝してるって言ってたよね？

なんでそんなに眠いわけ？

夜ちゃんと寝てないのかな。

でもたしか……１学期末もこの前の中間テストも、伊吹くんは学年で10番以内だった気がする。

本当に謎な人だわ。

「朝日、この英文の続きを読みなさい」

「あ、はい……」

　よそ見していたら、先生に当てられてしまった。

　こんなにまじめに授業を受けているのに、あたしは学年で50番以内にも入れない。

　世の中、理不尽なことだらけ。

「OK！　朝日、そこまででいいぞ」

　あたしはノートを書きながらチラッと伊吹くんのほうを見る。

　あたしはノートの切れ端に"金魚"と書いて、簡単な魚の絵をその横に描いた。

　先生に見つからないように、伊吹くんの席まで紙をまわしてもらう。

　すると、寝ていた伊吹くんが起きて、紙に気づいた。

　伊吹くんと一瞬、目が合う。

「……ふっ」

　その紙を見た伊吹くんが噴きだすと、先生が彼をにらんだ。

「伊吹！　なにがおかしい？」

「なんでもないっす」

　笑ったってことは、紙を見ただけで"金魚"の意味がわかったの？

　すぐに伊吹くんから紙がまわってきた。

"俺、目開けて寝てた？　アホみたいじゃん"

　そう紙に書いてあり、伊吹くんのほうを向いたあたしは、

うなずいて微笑む。

　あれだけで、よく意味を理解できたなと感心した。

　やっぱり、頭がいい人は勘が鋭いわ。

　本当は寝顔がかわいかったから、少しいじわるしただけ
だった。

　窓際の陽だまりの中で眠る伊吹くんが、まぶしく見えた。

　伊吹くんが教室にいると、休み時間になるたびに、ほか
のクラスの女子がひっきりなしにやってくる。

「ねぇ、ちょっと渉くん呼んできてくんなーい？」

　ほかのクラスの女子たちは、教室の扉に近い席のあたし
に図々しく頼んでくる。

　めんどくさい、自分で呼べばいいのにと思いながら、彼
女たちには笑顔で答える。

「ちょっと待っててね」

　断れないあたしもあたしだ。

　結局、まわりからいい人に見られたくて、文句なんて言
えないんだ。

　あたしは伊吹くんをにらみつけながら、足音を立てて彼
のほうに歩いていく。

「ちょっと」

　机の上に座って数人の男子たちと話で盛り上がっている
彼の足を、あたしは軽く蹴った。

「しっ、蹴んなよ」

「女の子たちが呼んでますけどっ」

伊吹くんのせいで、こっちはいい迷惑よ。

「なんか怒ってる？」

「べつに。早くして、女の子たち待ってるよ」

「あ、あぁ」

　伊吹くんは女子たちのほうに行くと、馴れ馴れしく女の子の腰に手をまわした。

「なによ、あれ……」

　女好きっていうのは、やっぱり本当だったんだ。

　ニヤニヤしちゃって、バカじゃないの。

　女の子たちも、あんなヤツのどこがいいんだか。

「はぁ、もうっ」

　なんか……ムカつく。

　廊下に出て壁にもたれていたら、繭がとなりにやってきた。

「しぃ、なにイライラしてんの？」

「べっ、べつにイライラしてないしっ」

「ふーん」

　繭はなにか言いたそうな顔をしていたけど、それ以上はなにも言わなかった。

「ねぇ、繭」

「ん？」

「伊吹くんって、なんであんなにモテんだろぉね？」

「だってそりゃ、フツーに見た目かっこいいじゃん」

　男子に対してはけっこう毒舌な繭が、人を褒めるなんてめずらしかった。

でも、そうだよね。

性格は別として、文化祭でも人気ランキング1位のイケメンだしね。

あたしのタイプではないけど。

「あたしには、まったくわからない謎だわ」

「でも今朝の感じ……いつから伊吹とあんなに仲良くなったの？」

繭が不思議に思うのは当然だ。

あたしは、繭と亮太以外で仲がいい人はいない。

「仲良くないよ……でも」

「でも？」

「助けてもらった」

「え……？」

「伊吹くんに助けられるなんてね」

死ぬつもりだったわけじゃない。

でも、死にそうなくらい苦しかった心を、助けてくれた。

午後の授業を抜けだして、あたしは屋上にやってきた。

「……やっぱり」

屋上であおむけに寝ている伊吹くんの顔を、上からのぞきこむ。

こんな寒いところでよく眠れるね。

「本当に寝てるの？」

「……ん？　なんだよ……しぃ」

「めずらしく朝から授業に出てると思ったら、午後はサボ

リ？」

「そういう、しぃもだろ？」

　伊吹くんのとなりに座ると、彼はあくびをしながら、ゆっくりと体を起こした。

　眠たそうな彼の横顔を、ジッと見つめる。

「ねぇ、昨日のこと、誰にも言わないでね」

「ん？　抱きしめてキスしたこと？」

「キスなんかしてないでしょーが！　泣いたことっ」

　彼はあたしの顔をチラッと見たあと、遠くの景色に視線をうつした。

「そんなに好きだったんだ？　元カレのこと」

「泣いたのは……それだけじゃないよ」

「ふーん。泣いたことなんて言わねぇよ。言うわけねぇじゃんか」

「ありがと」

「俺としぃの、ふたりだけの秘密だもんな」

「ねぇ……伊吹くん」

　あたしはこっそりうしろに隠し持っていた袋を、彼の前に差しだした。

「はい、これ」

「え？　なにこれ？」

「チョコカップケーキ……です」

　その袋を受け取ると、伊吹くんはリボンをそっとほどく。

「しぃが作ったとか？」

「夜眠れなくて……。そういうときは、お菓子を作ったり

するから」

　料理は嫌いじゃない。

　家では、あたしが料理を作る係でもある。

「なんで俺に？」

　ハッキリとした理由はない。

　なんとなく作っただけ。

「昨日の……お礼、かな」

「死ぬつもりじゃなかったんだろ？」

「もういい。いらないなら返してっ」

「もらうって！」

　伊吹くんはカップケーキを口に放りこんでいた。

「……もしかして、甘い物とか苦手だった？」

　伊吹くんは渋い顔をしている。

「まずい？」

　ちゃんと味見はしたし、大丈夫だと思うんだけど。

「うっそー！　ちょーうまいよっ」

　そう言って彼は、ニコッと笑った。

「からかったの？　ホントにまずいのかと思った……」

「しぃは料理が得意なんだな」

「けっこう好き……」

　そのあと、伊吹くんはおいしそうに全部食べてくれた。

「そういえば、しぃのケータイ番号まだ聞いてなかったな」

「教えないけど」

「なんでだよっ」

「ふふっ」

あたしたちは、お互いの連絡先を交換した。

「じゃー寝る前、しぃにおやすみの電話するから」

「……絶対しないで」

「ひどくね？　しぃは、ホントにツンデレだよな」

「それはアンタでしょ」

　そのとき、伊吹くんのケータイの着信音が大きく鳴り響いた。

「学校にいるんだからマナーモードにしときなよ」

「忘れてた」

「電話出ないの？」

「……いいんだよ」

　伊吹くんは、ケータイの画面を見たあと、すぐにケータイをズボンのポケットにしまう。

　なんで電話に出ないんだろう。

　すると、伊吹くんがいきなりヘンな声を出す。

「ふぉっふぉっふぉっ」

「ぶっ……似てるっ」

　伊吹くんは、担任のクセのある笑い方をモノマネする。

「いきなりモノマネとかやめてよ」

「似てるだろ？　入学したときからずっと、こっそり練習してた」

「ふふっ。アンタってホントにバカ」

　くだらなすぎて、ホントに笑える。

　こんなふうに思いきり笑ったのって、どれぐらいぶりだろう。

雨恋 >> 39

　笑いすぎてお腹が痛くなって。
　笑いすぎて、涙が出た。
　忘れかけていた。
　お腹の底から声を出して笑うこと。
「……ありがと」
「急になんだよ？」
「だから、ありがとっ」
「俺なんもしてねぇじゃん」
　モノマネは、あたしを笑わすためでしょ？
「はぁー。くだらないわ」
「渾身のモノマネをくだらないだと？」
「それにしても似てるね」
「ふぉっふぉっふぉっ」
「さっきのほうが似てたかも」
「おいっ」
　ふたりの笑い声が、空に溶けていく。

　なにがあっても。
　生まれてからどんな過去があっても。
　昨日どんなに悲しいことがあっても。
　今日、思いきり笑うことはできる。
　そう気づかせてくれたのは、君だったよ。

　──キーンコーン、カーンコーン。
　下校時刻のチャイムが校内に鳴り響く。

「あぁー疲れたぁ。やっと帰れるね」

「よく言うよね。しぃは午後の授業サボったくせに」

　繭は教科書をカバンにしまいながら、あきれた顔で言った。

「はい、これ」

　そう言って繭は、あたしの机の上にピンク色の小さな袋を置いた。

「繭、これって……」

「お誕生日おめでとうって伝えて」

「毎年、ありがとね」

　繭は優しく微笑む。

「俺からも」

　そう言って亮太は、黄色の袋に赤いリボンが付いた大きな袋を、あたしの机の上に置いた。

「亮太もいつもありがとぉ。すごい喜ぶと思う」

　あたしの言葉に、亮太は満面の笑みを見せた。

　──12月3日。

　3年前の昨日、あたしは勇人と付き合いはじめた。

　その1年前の12月3日。

　あたしが小学6年生のこの日、あたしの妹は生まれた。

　繭も亮太も中1のときからずっと、12月3日にプレゼントをくれる。

　あたしのたったひとりの妹、穂香の誕生日に。

　寂しい妹のために。かわいそうな妹のために。

　あたしのせいで妹は……。

ごめんね、穂香。

　　最低なお姉ちゃんでごめんね。

「繭も亮太も、たまにはうちに遊びにきて？」

　うなずいたふたりに手を振って、あたしは教室を出て
いった。

：：　亮太side　：：

　誰もいなくなった教室で、俺と繭はふたりで黒板を消していた。

「ねぇ、亮太」

「ん？」

「昨日のしぃが嘘みたいに、元気だったよね？」

「無理してんじゃねーの？」

　黒板消しを持っていた繭の右手が止まる。

　繭はうつむき、小さな声で言った。

「……亮太、これでよかったんだよね？」

「繭……」

　俺は繭の横顔を見つめる。

「よかったんだよ。これで」

「それでもたまに思うの。あのとき、勇人がしぃに別れを言ったとき、あたしたちがホントのことをしぃに言ってたら、いまごろどうなってたのかなって……」

　いつもは気の強い繭が、声を震わせる。

「俺はあの選択が正しかったんだって、いまでも思ってるよ」

「でもしぃは……勇人のことがホントに好きだったんだよ。真実を知って決断するのは、しぃにまかせてもよかったんじゃないかって……」

「ちがうよ、繭」

「あたしたち、まちがえたんじゃないかって……」

　繭はつらそうに額を手で押さえると、教卓に寄りかかった。

雨恋 ≫ 43

「勇人のことを考えたら……いや、ふたりのことを考えたら、やっぱり別れてよかったんだよ。俺はそう思ってる。だから繭も、もう迷うな」

「……うん」

「勇人は、しぃを好きだから別れるって、そう決めたんだから」

　俺は、繭の背中を優しくたたいたあと、カバンの置いてある席へ歩いていく。

「しぃの寂しさは、俺らが埋めてやればいい」

　それが勇人との約束でもある。

「亮太……」

「帰ろうぜ？」

　俺は、繭を見て微笑んだ。

：：　椎香side　：：

　妹の穂香への誕生日プレゼントを、繭と亮太からもらった。

　それをかかえながら、ひとり帰り道を歩いていると、ケータイにメールが届いた。

　伊吹くんからの初めてのメールだった。

　From：伊吹 渉
　＊＊＊＊＊＊＊＊＊＊
　ケーキ、うまかった。
　＊＊＊＊＊＊＊＊＊＊

　思わず、画面を見たままニヤけてしまう。

　やっぱり、おいしいって人に言われるとうれしい。

　To：伊吹 渉
　＊＊＊＊＊＊＊＊＊＊
　でもホントは甘いモノ
　苦手だったでしょ？
　＊＊＊＊＊＊＊＊＊＊

　あたしはすぐさま返信した。

　おいしそうに全部食べてくれたけど、甘い物が苦手だと雰囲気でわかった。

「そんなことねーって」

いきなり声がして、くるっとうしろを振り返る。

　伊吹くんが笑顔で手を振って立っていた。

「いつからいたの？　ストーカー？」

「ストーカーって。俺、帰り道こっちだし」

「あ、そぉ」

「その荷物は？」

　伊吹くんは、繭と亮太からもらったプレゼントの袋を指
さした。

「これは……」

　そのときちょうど、原付バイクが３台ほど、あたしたち
を冷やかすように大声を出しながら、そば を通りすぎた。

「なにあれ……ガラ悪っ」

　あたしがつぶやくと、バイクは少し先で止まった。

「誰かと思えば、渉じゃーんっ」

　原付に乗っていたひとりの男の子が、こっちを見て叫ん
だ。

　伊吹くんの知り合いなの……？

　原付に乗って３人ともあたしたちのほうへ戻ってくる。

「渉っ！　ひさびさっ」

　原付を降りて最初に声をかけてきたのは、上下グレーの
スウェットに白いダウンを着た男の子。

　他校の制服を着ているほかのふたりも、それぞれバイク
から降りた。

　見るからに不良っぽい人たちだった。

　あたしの耳元に顔を近づけた伊吹くんは、小さな声で

言った。

「……しぃ、逃げろ」

「なんで？」

「早く逃げろ」

「伊吹くんの知り合いじゃないの？」

　すると、伊吹くんはあたしの腕をつかんで、グイッとうしろに引っ張る。

　あたしは彼のうしろに隠れる形になった。

「その女、渉の彼女か？」

　制服を着ている相手のひとりが話しかけてくるけど、伊吹くんは黙ったままだった。

「渉の彼女にしちゃ、地味じゃね？」

「彼女じゃねぇよ」

　なんだか、伊吹くんの雰囲気がいつもとちがう。

　口調も怖い。

「その女、何番目の女？　今度はなんの目的で女と付き合ってんの？」

　何番目……？　目的……？

　この人たち、なにを言ってるの？

「おまえらとおしゃべりしてる暇なんかねぇんだよ。さっさと帰れよ」

　そう伊吹くんが言うと、制服を着たひとりがいきなり彼の胸ぐらをつかむ。

「おまえに用はなくても、俺はおまえにずっと会いたかったんだよっ」

そう言って相手は、伊吹くんを思いきり殴り飛ばした。
「やっ……」
　あたしは怖くて、咄嗟に両手で顔を覆ってしまう。
「わ、渉っ？」
　地面に倒れこんだ彼のそばにしゃがむと、彼はあたしを見て微笑む。
「やっと、渉って呼んだな」
「バカっ！　こんなときになに言ってんのよっ」
「おい、どけよ」
　スウェットを着た人があたしの首根っこをつかみ、思いきりうしろに引っぱられたあたしは地面にお尻を打ちつけた。
「しぃ！」
「イタタ……」
　渉をみると、鋭い目つきに見たことない表情をしていた。
　あたしは背すじがゾッとした。
　渉は３人を相手に、殴りかかっていく。
「やっ……やめて……」
　目の前で殴り合いのケンカがはじまった。
　あたしは怖くて、その場から動けずにいた。
　渉に何度も殴られた相手は、ひとり、ふたりとあたしの目の前に倒れてくる。
　息を荒くして倒れた人の口もとからは、血が出ている。
　赤い……血……。
　あのときの記憶と重なり、あたしは自分の頭を両手で押

さえる。

　手や唇が震えだした。

「もぉ……やめて……」

　やめて、お願い。

　体の震えが、ひどくなっていく。

　怖いよ……助けて……。

　呼吸が乱れて苦しい。

　ゆっくりと顔を上げると、残るひとりも渉と殴り合いを繰り返したあと、力尽きて地面に倒れこんでしまった。

「ハァ……ハァ……」

　肩を激しく上下させながら、その場に立ち尽くす渉。

　渉の口や手からも血が流れている。

「渉……っ」

　あたしは震える足で、なんとか渉のそばへ行く。

「しぃ」

　渉の頬にそっと触れようと、震える手を伸ばした。

　なんで……？

　どうして、そんな冷たい瞳をしてるの……？

「血が出てるよ……死んじゃうよ、渉……」

　あたしが泣きながら言うと、渉は口もとの血を手でぬぐった。

「こんなんで死ぬわけねぇだろ」

　ケンカを目撃した通行人が通報したのか、パトカーの音が遠くから聞こえてきた。

「渉……逃げなきゃ……」

あたしは渉の手をにぎりしめる。

「渉……？」

「あ、あぁ」

　地面に倒れていた３人は、すぐに起き上がる力は残っていなかったようで、あとを追いかけてくることはなかった。

　あたしは、涙を何度もぬぐいながら、渉と必死に走り続けた。

「……ここどこだよ」

　それほど大きくはない、２階建ての一軒家の前。

　あたしたちは手を繋いだまま立っていた。

「あたしの家だけど？」

　ケガもしているし、ほかにどこに行けばいいのかわからなかった。

「なんで？」

「なんでって……そんなケガして血も出てるのに、早く手当しなきゃ」

「たいしたことねぇから」

　いつもの彼と雰囲気が全然ちがう、別人のような冷めた口調。

「いいから、入って」

　あたしは彼の背中を押して、歩いていく。

「ただいまー」

　大きな声で玄関に入ると、バタバタと足音が聞こえてくる。

「おねぇちゃーんっ」

　４歳の妹が、走ってくるなりあたしに抱きついてきた。

「ひとりでお留守番えらかったね、穂香」

「おねぇちゃんとの、おやくそく、ぜんぶまもったよぉ」

　あたしのたったひとりの妹、穂香。

　インフルエンザが流行中のため保育園は休園で、今日は
ひとりで家にお留守番だった。

「おねぇちゃん、このひとだれぇ？」

　渉を指さし、穂香はニコッと笑う。

「あ、あぁこの人はね、渉おにぃちゃんだよ。おにぃちゃ
ん痛い痛いだから手当てしないとダメなの」

　あたしの言葉を聞いて、渉の手を取りそっとにぎる穂香。

「おにぃちゃん、イタイイタイなのぉー？」

　穂香の上目遣いに、彼は少し戸惑った様子を見せながら
微笑んだ。

　渉をリビングのソファに寝かせる。

「もぉ、ひどいケガ」

　３人と殴り合ったら、そりゃこんだけケガするよね。

「ちょっと救急箱とってくるから、待ってて」

　そう言ってあたしは、階段を駆け上り２階に向かう。

「はぁ……」

　思わずため息がもれる。

　あたしの知っている渉。

　学校では軽いノリで女好き。

ふざけているかと思えば、たまに優しい。

でも今日は、冷たくてそっけない。

本当の渉は、一体どれなの？

「おまた……せ」

あたしが１階に戻ると、ソファに横たわる渉のそばに、穂香がいた。

なにをしているのかと思い、ふたりに気づかれないようにそっと様子をのぞくと、渉のおでこの傷口に、穂香が必死にフーッと息を吹きかけているところだった。

渉も目を瞑ったり、開けたりしている。

その光景は、なんだか微笑ましかった。

「はいはーい、手当てしますよー」

あたしはソファの前に座り、渉の傷の消毒をはじめた。

「おねぇちゃん、これなぁに？」

渉の手当てをしている最中、穂香が、そばにあった繭と亮太からのプレゼントに気づいた。

「あっ、それ穂香に誕生日プレゼントだって！　ピンク色の袋が繭からで、黄色の袋が亮太からだよ」

「やったぁ！　プレゼントあけてもいい？」

穂香の表情が一段と明るくなる。

「いいよ。ちゃんと繭と亮太にお礼言ってね？」

「はーい！　おてがみかくぅ」

穂香はうれしそうにプレゼントを開けている。

あたしは渉のほうを向いて微笑んだ。

「かわいいでしょ？　妹、穂香っていうの」

「うん。しぃと似てなくてかわいいな」

「ちょっと！」

　渉の表情が少しだけ柔らいだ。

「もぉ……」

　傷口の手当てをしながら、あたしは話を続ける。

「昨日ね、12月3日は、穂香の4歳の誕生日だったの」

「……昨日？」

「うん」

　穂香をチラッと見ると、プレゼントを開けるのに夢中
だった。

「ここ、痛い？」

　消毒液を含ませた綿で、渉の口もとの傷をそっとたたく。

「平気」

「ねぇ、夕飯うちで食べていけば？　うちの料理係は、あ
たしだから」

「いーよ、帰る」

「図々しくないアンタ、初めて見たわ」

　いつもだったら言い返してくるのに、今日の渉は黙った
ままだった。

「わたるもいっしょにたべよぉー？」

　穂香がソファに座る渉の膝につかまった。

「穂香、渉おにぃちゃんでしょ？」

「わたるおにぃちゃん！」

「そぉ。呼び捨てにしちゃダメ」

「はーいっ」

穂香の元気な返事に、渉も微笑んでいた。
「ねぇ、食べていってよ。今日の夕食はあたしと穂香のふたりだから」
「……ん」
　あたしが夕食の準備をしてる間、穂香は最近覚えた折り紙の鶴を折っては、次々と渉に渡していた。
　無邪気なふたりの笑顔。
　アイツ、本当にわかんない。
　どれが本当の渉なの？
「ご飯できたよー！　穂香、ちゃんと折り紙とか片づけたぁ？」
「はーい！　かたづけたぁ」
　穂香の元気な返事を聞いて、あたしはこたつの上にすき焼きの鍋を運んだ。
「すきやきーっ」
　穂香はうれしそうに、お皿や箸を３人分並べている。
「じゃ、食べよっか」
　あたしのとなりには穂香、向かいには渉が座った。
「穂香、いつものお約束は？」
「せいざをして、せすじをのばして、おててをあわせて、おいしく、のこさず、いただきまーす！」
「はい、よくできました」
　そう言って、あたしは鍋からお肉や野菜を小皿によそい、穂香の前に置く。
「熱いからフーフーして食べなさい？」

「はーい」

　渉には、お肉をたくさんよそった。

「はい、渉」

　そういって小皿を差しだすと、渉はあたしの顔をじっと見つめる。

「なに？」

「いや……なんでもない。いただきます」

　なんか、あたしの顔についてるとか？

　あたしは渉から目をそらして首をかしげる。

「ふたりともいっぱい食べてよね？」

「はーい」

　手をあげて返事をする穂香を見て、楽しそうに笑う渉。

　様子を見ているかぎり、渉は子供が嫌いではなさそう。

「あーわたる。ねぎ、たべなきゃダメだよ？　おねぇちゃんにおこられちゃうよ」

「コラ、穂香。渉おにぃちゃん、でしょ？」

　何度言っても直らないんだから。

「いいよ、渉で」

　渉が穂香に向かって言うと、穂香はニッコリと笑った。

「じゃあ、気をつけてね」

　食事の片づけをすませ、玄関で穂香と一緒に渉を見送る。

「かえっちゃイヤだぁ～うぇ～ん……わたるといっしょにあそぶのぉ～」

　穂香があたしの足に絡まりついて泣きじゃくっている。

雨恋 ≫ 55

「気にしないで、渉。あとは大丈夫だから、また学校でね」
「あぁ、いろいろとその……さんきゅ。ごちそーさま」
　あたしに言ったあと、渉は少し微笑んで穂香の頭をポンポンとたたいた。
「またな」
　そのときちょうどドアが開く。
　ママが仕事から帰ってきたところだった。
「あら、お友達？」
「ママ、おかえり。同じクラスの伊吹くん」
　あたしが紹介すると、渉はママに軽く頭を下げる。
「おじゃましました」
「またいらっしゃいね〜」
　渉が帰ったと同時に、ママは力が抜けたように玄関に座りこむ。
「しぃ〜お水持ってきてくれる〜？」
「またお酒飲みすぎたんでしょ？　ちょっと待ってて」
　泣きじゃくる穂香をママにまかせて、あたしはキッチンへと向かった。
「ママぁ〜」
　キッチンにいても、穂香の泣き声が聞こえてくる。
　コップに水を入れてママのところに戻ると、穂香はママに抱きついたまま泣いていた。
　穂香ってば、そんなに渉のこと気に入ったんだ。
「穂香〜なんでそんな泣いてるのぉ？　ちゃんとお姉ちゃんの言うこと聞かなきゃだめでしょ？」

ママが穂香の背中をトントンとたたく。

「うぅ……わたるぅ」

「いまの男の子のこと？　ママの勘だと……お姉ちゃんの好きな人ね」

「ちょっと、ママっ」

　なんでそうなるわけ？

「……っく……うぅ……おねぇちゃんのしゅきなひとぉ？」

「そう。好きな人」

　ママはニヤニヤしながら、あたしの顔を見た。

「はい、お水。それと、渉のことは好きとかそういうんじゃないから」

「そうなの～？」

「もうっ！　穂香にヘンなこと言わないでよね」

「んふふっ」

　ママは毎日、あたしたちのために一生懸命に働いてくれている。

　ママ……ごめんね。

　あたしのせいで、ママにもこんなにつらい思いをさせて……。

　あんなことが起こらなければ、幸せでいられたのに。

「ママ、今日もお疲れさま」

「しぃもお疲れさま」

　優しく微笑んだママは、あたしの頭をなでた。

「おちゅかれさま」

　いつのまにか泣きやんでいた穂香。

雨恋 ≫ 57

「穂香もお留守番がんばったもんね」
「うんっ」
　もしも戻れるのなら、あの日に戻りたい。
　大切な人を殺してしまった、あの日に。

　夜、あたしは２階のベランダにいた。
　冬の夜は空気が澄んでいて、たくさんの星が見える。
　まっ白な息が空へとあっというまに消えていく。
　鳴らないケータイを何度も見てしまうクセ。
　来るはずのない勇人からの連絡を待っている。
　だけど……。
「おやすみの電話するって、昼間言ってたくせに……」
　今夜は少しだけ、渉からの連絡を待っている自分がいた。
　渉のこと……気になることがたくさんある。
　ケンカが強いこと。
　ケンカした相手が言ってたこと。
　でも、穂香と無邪気に笑って遊んでいた。
　あたしに死ぬほど泣けって言ってくれた。
　勇人のこと、忘れなくていいじゃんって言ってくれた。
　担任のモノマネをして笑わせてくれた。
　チョコケーキ、おいしいってメールもくれた。
　悪いヤツじゃないと思う。
　口は悪いけど、本当はいいヤツなんじゃないかって。
「あたしってば……」
　なんでアイツのことばっかり考えてるんだろう。

悲しい告白

　∶∶　椎香side　∶∶

　翌日、学校に行くと教室に渉の姿はなかった。

　昨日は結局、電話もメールも来なかった。

　なんで少し悲しいとか思うわけ？

　これじゃあたしが、渉からの連絡をずっと待っていたみたい。

　渉のこと、あたしが好きみたいじゃん。

「ないない！　ないわ」

「なにがないわけ？」

　前の席の繭と、となりの席の亮太が、同時にあたしを見た。

「ううん、なんでもないよ。あっ！　穂香から、手紙書いたからふたりに渡してくれって頼まれて……」

「穂香から？　えーとなになに……かわいいカチューシャと髪飾りのプレゼントありがとう。繭おねぇちゃんは、いつも美人です、だって」

　繭は穂香からの手紙をうれしそうに読んでいた。

「俺は……えーと、ぬいぐるみのプレゼントありがとう。亮太おにぃちゃんはもうちょっと肉食系男子になったほうがいいと思います。なんだこれ」

「あぁ～たぶん、最近覚えた言葉使ってみただけだと思う。肉食系男子の意味を穂香はわかってないと思うから気にし

ないで」

「……なんか子供なりに意味はありそうな気がするけどな」

　亮太が前で腕を組むと、繭は思いついたように言った。

「もっと肉食べてデカくなれってことじゃない？　亮太、背がちっこいから」

「誰がちっこいじゃ、コラ」

「だって、ちっこいじゃん」

「まぁまぁまぁ……」

　仲が良いふたりは、よく冗談でケンカもする。

　ふたりをなだめるのはあたしの役目。

「しい、笑いこらえんのやめろ。好きでちっこいわけじゃねーわ」

「ふふっ、バレた？」

　──キーンコーン、カーンコーン。

　１時間目の授業開始のチャイムが鳴り響く。

　古文の授業だから眠くなりそう。

　窓際の渉の席を見つめる。

　渉のいない教室なんて当たり前だったのに。

　なんで寂しいなんて思うのかな。

　制服のポケットからケータイを取りだして確認するけど、渉からの連絡はやっぱりない。

　メールの文を作っては消して、その繰り返し。

　結局メールを送ることもできず、時間だけが過ぎていった。

　３時間目の授業をサボッて、あたしは階段を駆け上がり

屋上へと向かった。

　……ここにいたんだ。

　あたしは、思わず笑顔になる。

「渉っ」

　あたしは、寝っ転がっている渉の顔を上からのぞきこんだ。

「……なんだよ」

「授業サボって寝てばっかり」

「ここにいるしぃも同じだろ」

　あたしは渉のとなりに座って頬をふくらませ、ふてくされた態度をとった。

「世の中、理不尽なことだらけよ。渉はこんだけ授業サボっても成績は学年10位以内……」

「愚痴こぼしにきたのか？」

「ちがうけど」

　あたしは、渉に手紙を渡した。

「なにこれ？」

「ラブレター」

　渉は驚いたのか、勢いよく飛び起きる。

「穂香からねっ」

「……なんだよ、ビビるだろ」

「なんであたしが渉にラブレター書くのよ？　おかしいでしょーが」

　渉は穂香からの手紙を真剣な表情で読んでいる。

「なんて書いてあった？」

雨恋 ≫ 61

「しぃには言わねぇよ」

「えー？　ケチ」

　なんか、やっといつもの渉に戻った気がする。

　昨日はやっぱり、あたしの知らない渉だった。

　渉は穂香からの手紙を制服のポケットにしまう。

「おまえさ、なんで昨日ケンカ売られたのか聞かねぇの？」

　そう言って渉は、制服のズボンからタバコの箱を出す。

「なんでタバコなんて持ってるの？」

「はぁ？」

「高校生でしょ？　タバコはダメだよっ！」

　あたしは、渉からタバコの箱を奪い取って、中に入っていたタバコを全部取りだし、そばにあったジュースの空き缶の中に入れた。

「おまえさぁ、そこまでする？」

「今まで吸ってなかったのに」

「しぃの前では、たまたま吸ってなかっただけだよ」

　あたしは渉をキツくにらみつけた。

「タバコ禁止」

「なんでおまえにそんなこと決められなきゃなんねーの？」

「法律で決まってるから」

「まじめだね〜しぃちゃんは」

「それに体にも悪いんだから。やめて」

　渉は不満そうに、ため息をこぼす。

「絶対にダメだからね？」

「わかったよ、うっせーな」

あたしが目を細めると、渉はあたしから目をそらして口笛を吹く。
「ねぇ、渉」
「あ？」
「ケンカした理由は、言いたくないなら聞かない」
「ふーん、そう」
「でも、もうケンカはやめて。誰かを傷つけたら自分も傷つくよ。そんなの繰り返したって意味なんかないじゃん」
　あたしの言葉に、渉はまた深いため息をこぼした。
「さっきから、ため息ばっかり」
　人が真剣に話しているのに。
「タバコもケンカも禁止ってさ。おまえ先生かよ」
「約束して」
　あたしがまっすぐに見つめると、渉は鼻で笑った。
「おまえとは住む世界がちがうんだよ」
　胸の奥が、ズキッと痛んだ。
　すごく、すごくイヤな気持ちになった。
「……そんなの勝手に決めないで」
「おまえは純粋すぎる」
「人を見た目で判断するなって言ったのは、渉じゃん」
　なんであたし……ムキになってるんだろう。
「俺は見たままの人間だよ」
「だったら、悪いヤツなんかじゃないから」
「は？」
「あたしから見たアンタは、悪いヤツなんかじゃないっ！」

あたしは自分で見たものだけを信じることにする。

　悪い噂なんて気にしない。

　いままでのあたしとはちがう。

「バカだな、おまえはホントに」

「……バカでいいよ」

「バーカ」

　そう寂しげな声で言った渉は、あたしを抱きしめた。

　ねぇ……どうして？

　どうして、こんなに強く抱きしめるの？

　苦しいよ……。

　でも、全然イヤじゃなかった。

　涙は見せなくても、渉の心が泣いてるような。

　なぜか、そんな気がした。

　あたしは、渉の背中に手をまわした。

　どうして渉の腕の中は、イヤじゃないんだろう。

　渉の胸に耳をあてて、そっと目を閉じる。

　渉の心臓の音が、心地いい。

　この人は勇人じゃないのに。

　なのに、こんなに落ち着くなんて不思議。

　ふわっと広がる渉の香りに、まるでアクアブルーの透き通った海にいるような気がした。

　あたしを抱きしめる渉の腕が、少しだけゆるむ。

「……しぃの家、父親いないんだな」

　耳もとでささやかれた、あたしの罪に胸が痛んだ。

「……しぃ？」

あたしは渉の背中にまわした手で、彼の服をぎゅっとつかんだ。

「……気づいてたんだ」

「昨日しぃの家に行ったとき、仏壇があったから」

　そりゃ、気づくよね。

　リビングの雰囲気には似つかわしくない、あまりに堂々としたあの仏壇。

　毎日眺めているあたしだって、いまだにそこに仏壇があることに慣れないのに。

「昨日なにも言わないから、気づいてないと思ってた」

　……パパは死んだ。

　あたしが小6のときに。

「あたしは渉が思うような、いい子じゃないから」

「え？」

　渉の体を離したあたしは、うつむく。

　昨日渉がケンカしているときに見た赤い血は、あの日のことを思いださせた。

　あの日のことを思いだしたら、うまく呼吸ができなくなって、体の震えが止まらなかった。

「あたしは親不孝者」

　あのとき、あたしが死ねばよかったのに。

「大切な家族を、幸せだった家族を……あたしが一瞬で地獄に落とした」

　なんで、あたしじゃなかったの？

「パパは……あたしが殺した……」

あの光景はいまでも、鮮明に脳裏に焼きついている。

　4年前の12月3日。

　産婦人科に入院中のママから、陣痛がはじまったという連絡を受けて、あたしとパパは車で病院に向かっていた。

「うれしかった……年の離れた弟か妹ができるなんて」

　あたしは本当にすごくうれしくて。

　あのときの気持ちをひと言で表すとすれば、浮かれていたんだと……そう思う。

　あたしは車の窓から少し身を乗りだして、風を感じていた。

　うれしくて鼻歌なんか歌いながら、新しい命が生まれてくることが楽しみでしかたがなかった。

　妹がいいなぁなんて……そんなことを考えたりもしていた。

　そのときだった。

「あたしがかぶっていた帽子が風でふわっと飛ばされて……」

　その帽子が飛んだ瞬間、あたしは叫んでしまった。

　『あっ、待って！　待って！』って。

　大きな声で叫んでしまった。

「そのあたしの声に気を取られて、パパは一瞬こっちを見てしまったの」

　タイミングが悪かった。

　ちょうどカーブにさしかかっていたことも、相手の車の速度も、なにもかも。

でも、そんなのあたしの罪を隠すための、言い訳に過ぎない。
「あの瞬間、大きなトラックが目の前にきて……」
　それを避けようとして、パパは思いきりハンドルを左にきったのだと思う。
　なぜかスローモーションに感じた。
　猛スピードのまま、回転した車。
　もうダメだと思って目をぎゅっと瞑った瞬間、大きな音とともに、体に強い衝撃があった。
　あたしは全身に痛みと重みを感じた。
　目を開けると、パパがあたしの体に覆いかぶさって、弱々しいうめき声を漏らしていた。
　あたしはただ"パパ"って、叫ぶことしかできなくて。
　横に倒れこんだ血だらけのパパの体を揺さぶって、あたしは泣き叫んだ。
　飛び散ったガラスの破片、赤い……血……。
　車内は血で染まっていた。
　その光景は、まるで地獄で。
　パパの血がべっとりとあたしの腕や顔についていた。
　パパが動かなくなったあとも、ずっと"パパ"って叫び続けた。
　あたしの発したひと言で、パパは死んでしまった。
　あたしのせいで。
　どうして……どうしてパパはあたしを守ったの？
　こんな思いするくらいなら、あたしが死んでパパが生き

ればよかったのに。

「パパが死んだ日、穂香は生まれた」

あたしは、かわいい妹の誕生日をパパの命日にしてしまった。

「だから、穂香にはパパの記憶がないの。それに自分の誕生日が父親の命日なんて……かわいそうでどうしようもない……」

うちは仲の良い家族だった。

またひとり新しい家族ができて、いままで以上に幸せな日々がやってくるんだと思っていた。

そんな家族を、天国から地獄へと、あたしが突き落とした。

「……しいは無事だったのか？」

「頭をぶつけたけど……パパが守ってくれたからか、大事には至らなかった。でも、パパが死ぬのを目の前で見たから、あたしも意識がなくなって……そのあとは３日間、眠り続けてたの。目を覚ましたら病院にいて、ママがあたしの手をにぎってた」

あのとき、ママはどんな気持ちでいたのか。

それを考えるだけで、つらくて悲しくて。

「あたしが目を覚ましてからいままで、ママは一度も泣いたことがないの……。パパのお葬式のときも、泣きじゃくるあたしの背中をさすって、生まれたばかりの穂香を抱きながら、ママはパパの写真をただ見つめてた」

あたしはママに、ちゃんとあやまることさえできなくて。

「ママはあたしに事故のことをなにも聞かない。あたしの
せいでパパが死んだってこと……ママに一度も言えてない
……」

「しぃのせいじゃねぇよ」

「あたしのせいだよ。それでも……ママの本音を聞くのが
怖いの」

　ママはあたしを恨んでる。

　きっとそう。

　だって、ママはパパと本当に仲が良かった。

　ママの最愛の人を、あたしが殺した。

「しぃの母親だって、しぃのせいなんて思ってねぇって」

　誰かに話すことは、もうないと思ってたのに……。

　罪を償おうとすることで、なんとか生きてこれた。

　あの出来事を正当化することなんてできない。

「パパはもう戻ってこない……」

　パパに生きててほしかった。

　うつむいて泣きじゃくるあたしの頭を、渉は優しくなで
てくれた。

「屋上で、俺が勘ちがいして助けた日は……しぃの父親の
命日でもあったんだな」

　あたしは小さくうなずく。

「あの事故から、ちょうど１年後の12月３日、事故現場に
花を持って行ったの。でもあのときの恐怖がよみがえって
きて、あたしはパニック状態になった。死にかけたのを、
勇人に助けてもらった」

車にひかれそうになったあたしを、勇人が助けてくれた。

"俺がそばにいる"

　そう言って、勇人は震えていたあたしを抱きしめてくれた。

　勇人は小学校からの同級生で、パパの事故のことを知っていた。

　中学に入ってからもあたしを気にかけてくれた。

　その日、勇人は心配してあたしのあとをこっそりつけてきたらしくて。

「勇人がいなかったら、あたしはいま生きてない」

　あの日から、勇人がすべてだった。

　あたしのすべてになった。

　勇人がいるからあたしは笑う。

　悲しみも、涙も、勇人がぬぐってくれた。

　あたしの生きる理由だった。

「ごめん、こんなこと渉に話して……ホントにごめん」

「いや、悲しいこと思いださせて悪かったな」

「……ううん」

　あのときのことを忘れたことなんてない。

　記憶は薄れてくものじゃない。

　消せない記憶もある。

　一生、心に刻まれる記憶。

　消してはいけない記憶。

　あたしの罪。

　パパの悲しみ。ママの悲しみ。穂香の寂しさ。

「穂香は知らないのか？」

「まだ理解できないと思うから……いずれはちゃんと話す
つもり」

「昨日見てたけど、しぃが穂香の母親みたいだったもんな」

　それで昨日、渉はあたしの顔をジッと見てたんだ。

「穂香をかわいがる気持ちがね……よくわからないんだ」

「えっ……？」

「最低でしょ？　罪の意識からなのか、償いのためなのか
……それとも純粋に妹がかわいいのか……わかんない」

「俺は、いちばん最後のやつだと思うけど？」

　純粋に妹がかわいくて？

「そうだと……いいな……」

「そうだよ」

　ごめんね、穂香。

　最低なお姉ちゃんで。

　穂香をかわいがる理由がわからないなんて。

「渉は……あたしの恩人だよ」

「急になんだよ？　俺、なんもしてねぇけど」

「あのとき屋上で言ってくれた、『死ぬほど泣けば』って言
葉。ホントに死ぬ気はなかったけど、あの言葉が死にそう
だったあたしの心を助けてくれた」

「しぃ……」

「それに渉は笑わせてくれた。なにがあっても、どんな過
去があっても、今日笑うことはできるのかもって……そう
思えた」

記憶を消してはいけない。

　罪を忘れてはいけない。

　でも"かわいそうな自分"を演じるのは、もうやめなきゃ
いけないってわかっていた。

　繭や亮太、勇人の前では、いつだって"かわいそうなあ
たし"だった。

　パパがいなくなったあの日を、あたしは勇人がいなくて
もひとりで過ごせるのか不安だった。

　でも、もう勇人はいない。

　渉は言ってくれたよね。忘れなくていいって。

　忘れるんじゃなくて、心にしまっておこうと思った。

「だからね……アンタは、悪いヤツなんかじゃない」

「しぃ……」

「悪いヤツなんかじゃないから」

　涙を流すあたしを、今度はそっと包みこむように優しく
抱きしめてくれた。

「しぃも……殺したなんて言うな」

「ううっ……」

「しぃが自分のせいだって言うなら……俺がちがうって
言ってやる……何回でも、何百回でも言ってやるよ」

「なんでよぉ」

「おまえが……俺を悪いヤツじゃねぇって言ってくれんの
と同じだ」

　あたしたちはただ、お互いの傷を舐め合っているだけな
の？

あたしは泣き場所が欲しいわけじゃなかった。

でもどうして、渉のそばにいると落ちつくんだろう。

彼の心臓の音が心地よくて、あたしはそっと目を閉じる。

この人は勇人じゃないのに。

あたしのすべては勇人だったのに。

ねぇ、どうして……？

嘘だって思いたい。

だけど、もう……気づいてしまった。

渉が。

渉のことが、好きなのかもしれない。

ポタッ、ポタッという音とともに、冷たい雨粒が空から落ちてきた。

あたしたちは雨に濡れていく。

さっきまで晴れていたはずなのに。

あたしと同じように、空も泣いている。

「渉……ありがと」

降りしきる雨は、あたしの涙を隠してくれた。

朝、制服に着替えたあたしは急いで玄関に向かう。

「ママ、いってきまーす！」

玄関でローファーを履きながら大きな声で叫ぶと、穂香もあたしの横で、必死に自分の靴を履こうとしている。

「ふぁ〜ぁ……。穂香の送り迎え、本当に行かなくていいの？」

あくびをしながら歩いてきたパジャマ姿のママは、ボサ

雨恋 ≫ 73

ボサの頭を掻きながら、玄関であたしたちを見送る。
「いいよ。ママは休みの日ぐらいゆっくり寝てて。テーブルの上に朝ごはん作ってラップかけてあるから」
「しいは、本当にできた娘だわ」
「ふふっ。じゃ、いってきます！　穂香行くよ？」
　あたしは穂香の手をぎゅっとにぎりしめた。
「ママぁ、いってきまーしゅ」
　穂香を保育園に送り迎えするのは、あたしの日課だった。
　仕事が休みの日は、たまにママが行ってくれる。
　最近のママは仕事で帰りが遅いし、だいたいお酒を飲んで帰ってくる。
　だから、できる限りのことは、あたしがやろうと思うんだ。
　あたしの罪の償い方は、まちがっているのだろうか。
「穂香、今日はいい天気だね」
「んねーっ」
　小さな手袋をした穂香と手を繋いで歩いていく。
「おねぇちゃん、しゅきなひとできたぁ？」
「えっ!?　なっ、な、なんでそんなこと聞くの？」
　自分でもびっくりするぐらい、動揺していた。
「ママがいってたぁ。さいきん、きげんいいのよねーって」
　穂香は満面の笑みを見せる。
　ママったら、また穂香に余計なこと言って……。
「わたるぅー？」
　穂香の言葉に、心臓が止まるかと思った。
　4歳児、恐るべし。

「渉はお友達。好きな人なんかいないよ。穂香は保育園に好きな子いるの？」

穂香はコクリとうなずいた。

「えっ、いるの？　だれ？」

「それはおねぇちゃんにも……ひみちゅ」

「えぇ〜教えてよぉ〜」

穂香もすっかり女の子だね。

好きな子がいるなんて、成長したんだなぁ。

それにしても、あたしやっぱり渉のこと……。

あの雨の日以来、意識しちゃってる気がする。

下駄箱で靴を履き替えていると、階段のほうへ歩いていく渉のうしろ姿が見えた。

あたしはあわてて、渉のあとを追いかける。

「わ……」

あたしが声をかけようとしたとき、渉のそばに女の子が駆けよっていくのが見えた。

渉の腕に、馴れ馴れしい様子で絡みつく女の子。

その子は長い金色の巻き髪、メイクも派手、見た目がチャラい渉とお似合いに見えた。

「渉、今日カラオケ行こーよぉ」

女の子は甘ったるい声を出して、渉の腕にべったりと体をつけている。

「んー、今日はちょっとなぁ」

「えぇー？　なんか予定あんのぉ？」

はいはい、相変わらずモテモテですね。

　あたしが階段にいるふたりのそばを通りすぎようとした
瞬間、その子は、渉の頬にキスをした。

「なっ……！」

　驚いたあたしは思わず声を出してしまう。

「エヘッ。見られちゃった。今度デートしてよねっ！　じゃ
ねっ」

　そう言って女の子は、渉とあたしをその場に残して階段
を駆け上がっていった。

「しぃ、おはよ」

　何事もなかったかのような笑顔をあたしに向ける渉。

　なに、その爽やかな笑顔は。

　無性にイラつくんですけど。

「アンタって、ホントに軽い男だよね」

　目を細め、渉の顔をにらみつける。

「なにが？」

「なにがって、学校で……キ、キスとか……」

「えっ？　あぁ、ほっぺにされただけじゃんか」

　……ほっぺにされただけ？

　はい？

　べつに、たいしたことしてないという顔で答える渉。

「あの子って……渉の彼女？」

「ちがう。名前なんつったっけな……」

　名前も覚えていない女の子にキスされたの？

　バカじゃないの？

軽い。

　軽すぎる。

　じゃあ、渉にとっては、あたしを抱きしめることなんて、
なんてことないんだろうね。

　あたしだけが意識して、バカみたい。

　本当にバカみたい……！

「しぃ？」

　渉はなんとも思ってないのに……。

「最低」

「キスされたぐらいで？」

　キスは挨拶ですか？

　ここは日本ですけど。

「アンタは外国人なわけ？」

　あたしが聞くと、渉は真剣な顔で言った。

「俺、帰国子女だよ」

「えっ？」

「嘘だよ。俺、外国人っていうか……ハーフ」

「そ、そうなの？」

　それじゃ、キスすることに抵抗はないよね。

　文化のちがいだから、しかたないのか……。

「んなわけねぇだろ。しぃは騙されやすくておもしろいな」

「……は？」

　血管がブチ切れるとは、こういうことを言うのだろう。

「バッカじゃないの？」

　渉の制服のネクタイをつかんだあたしは、渉を思いきり

にらみつけた。

「なにキレてんだよ？　ヤキモチか？」

「な、なんであたしがっ」

「ヤキモチやいたんだ？　へぇ〜」

「ヤキモチってねぇ、アンタ、どんだけうぬぼれれば気が
すむわけ……なっ、イタッ！」

　あたしは階段の壁に体を押しつけられ、両手首を頭の上
で渉につかまれる。

「……しぃもする？」

　急に真剣な顔になった渉は、あたしに顔を近づける。

「な、な、な、なにを？」

　心臓が壊れそうなくらいドキドキして。

　あたし、バカみたい。

　なんでこんなヤツに……。

「なにをって、決まってんだろ？」

「ちょ……」

「キスしよっか」

　ドクンと、心臓が大きく跳ね上がった。

　そんなにまっすぐな瞳で、あたしを見ないで。

「キスなんかしないってばっ」

　階段を上がっていくほかの生徒たちに、チラチラと見ら
れているのに気づいた。

「みんな見てるでしょ！　早く離してっ」

　必死にもがくけど、渉の力が強くて手がほどけない。

「べつにいいじゃん。誰が見てたって……」

渉の顔が近づいてくる。

　もうダメ……キスされちゃう……。

　あたしは目をぎゅっと瞑る。

　すると、強くつかまれていた手首の痛みを感じなくなった。

　パッと目を開けると、渉はあたしの手首を離し、お腹を
かかえて笑っている。

「そんな、口……おまえ一直線に結んでたら……」

　本当にムカつく。

　誰がこんなヤツ好きかもだって？

　あたし、どうかしてた。

「しぃ……顔、まっ赤。アハハッ……」

　あたしを指さして、渉はまだ笑っている。

「まさか、俺のこと好きになっちゃったとか？」

「誰がアンタなんかっ」

　からかわないで。ふざけないで。

「ちがう？」

　あんなに笑ってたのに、急にまじめな顔しないで。

「ちがうに決まってんでしょ！　自意識過剰っ」

「ハハッ……よかった」

　ズキッと胸の奥が痛んだ。

　……よかった？

「俺はやめたほうがいーよ」

　渉はいつもの調子で、さらりと笑顔で言った。

「だからっ……アンタなんか好きじゃないってばっ！」

「うん」

なにひとつ変わらない渉の笑顔。

　悔しい。すごく悔しい。

「あたしはアンタみたいな男が、いちばん嫌いっ」

　あたしは渉の体を押しのけると、屋上まで必死に階段を駆け上がる。

　バカみたい。

　あたし、本当にバカだ。

　勢いよくバンッと扉を開けると、青い空が見えた。

「ハァ、ハァ……」

　息を切らすあたしは、閉まった扉にもたれかかった。

　……俺はやめたほうがいい？

　そんなこと言うならドキドキさせないで。

　優しくしないで。

　あたしを抱きしめたりしないで。

　あんなふうに……キスしようとしないでよ……。

「なんで……涙が出てくんの……」

　嫌い。

　渉なんか嫌い。

　嘘……好き。

　放課後、日直だったあたしは、ひとりで教室に残っていた。

　誰もいない教室は静かで。

　窓の外を見ると、昼間は晴れていたはずの空は雲に覆われて灰色に染まっていた。

あんなにいい天気だったのに、いまにも雨が降りだしそう。

「学級日誌も書いたし、次は黒板消しか……」

　あたしは席を立ち上がり、日誌を教卓の上に置いた。

「……はぁ。なんか憂鬱」

　今朝のあの一件のせいで、今日１日、渉と目を合わせることはなかった。

　白いチョークを持ち、黒板に落書きをする。

"伊吹渉のバカ"

　そして黒板に書いた文字を見つめていた。

　ドンッと背後で大きな音がして振り返ると、渉が顔をひきつらせている。

　どうやら、机に思いきり足をぶつけたらしい。

「イッ……てぇ」

「渉？」

「まだ学校にいたんだな」

　なにもなかったみたいに、笑顔であたしに話しかける渉。

「あたし今日は日直だもん。渉は？」

「俺？　忘れ物」

　そう言って渉は、自分の席の机の中をのぞいた。

「家のカギ忘れるとか、俺としたことが」

　いつもと変わらない明るい雰囲気の渉に、余計に腹が立ってくる。

　気にしているのはあたしだけなんだね。

「さっさと帰れば？」

冷たく言い放ち、あたしは黒板を雑に消していく。

「言われなくても帰るけど」

「あっそ、じゃーね」

　顔も見ずに冷たい言い方をした。

　素直になれなくて。

　本当は、なんでそんな言い方すんのって、聞いてほしい。

　なんか怒ってんのかって。

　あたしの気持ちに気づいてほしくて、わざとそんな言い方をしてしまう。

　でも、渉はあたしのことなんか、なんとも思ってないから。

　こんな言い方したって、なんの意味もない。

「ハハッ」

　この雰囲気で笑わないでよ。

　やっぱりあたしだけ。

　意識してるのはあたしだけなんだ。

「悪口とか黒板に書くなんて子供かよ？」

　ヤバい……。

　すぐに消したのに、渉に見られていたなんて。

　あたしは黒板消しを置いて、渉のほうに振り向く。

「なんのこと？」

「とぼける気かよ。見てたからな、俺の悪口を書いてるとこ」

　渉の笑顔につられて笑ってしまう。

　ズルいよ。そんな顔。

「悪口じゃないよ？」

「すげぇ言い訳すんなぁ」

「これは褒め言葉」

　渉はあたしのとなりに立つと、白いチョークでこう書いた。

「しぃのバーカ」

　そう書いて笑う渉に、胸の奥が熱くなる。

「褒め言葉、なんだろ？」

　いつも余裕な顔して、なんなのよ。

　あたしの気も知らないで。

「日直の仕事、あとなにが残ってんだ？」

「え……？　掲示物をはがすだけだけど……」

　すると、渉は教室の壁に貼られている掲示物をはがしはじめた。

「いいよ、手伝わなくても」

　やっぱり冷たい言い方になってしまう。

　素直じゃないな……あたしって。

「ひとりでやるより、ふたりでやったほうが早く終わんだろ？」

　それだけ言って、渉は黙々と画びょうを取っていく。

　あたしに優しくしないでよ。

　渉がこんなふうに優しくするたびに、胸が苦しくなるんだから。

「しぃ、それ俺がやる」

「大丈夫だって」

「高い場所、しぃの背じゃ届かねぇだろ」

「イスに乗れば、なんとか届くもん」

「イスに乗っても、しぃの背じゃ届かねぇよ。ほかの場所やれ」

　誰にでもそうなの……？

　ほかの女の子にも、そうやって優しくしてるの……？

「ねぇ……渉」

　イスに乗って高い位置にある掲示物をはがしている渉を、あたしは下から見上げた。

「んー？」

　渉はあたしの顔を見ずに返事をする。

「……勘ちがいされるでしょ？」

「なにを？」

「誰にでも優しくするから。優しくされたら、女の子は渉が自分のことを好きだって勘ちがいすると思う」

「誰にでもじゃねぇよ？」

「え？」

「俺、そんないい人間じゃねぇって言ってるじゃんか」

　じゃあ、なんなの？

　なんであたしに対して、こんなふうに優しくすんのよ。

　わけわかんない。

「あたしに優しいのはどうして？」

「俺、しぃに優しいか？」

　あたしはうつむいて、小さな声でつぶやく。

「優しいよ……」

　心から出た、素直な言葉だった。

「さっきから俺思うんだけど……」

　渉は画びょうを小さな箱に入れながら、イスから降りた。

「優しいってなに？」

「え……？」

　優しいって……なんだろう。

　たしかに人それぞれ、受け取り方がちがう。

　自分では優しくしたつもりでも、相手にとってはおせっかいだったりすることもある。

　その反対で、自分では優しくしたつもりがなくても、相手にとっては優しさだったりすることもある。

「……難しいこと聞くんだね」

　優しさは、あたたかいものだけじゃない。

　ときには、優しさに傷つくこともある。

　"優しい"っていう言葉を簡単に使っていたけど、優しさってなんだろう。

「しぃは、俺みたいな男がいちばん嫌いなんだろ？」

「それは……」

　今朝、勢いにまかせて思ってもいないことを言ってしまった。

「でも、しぃは俺のこと悪いヤツじゃねぇとか言うじゃん」

　それが本音なのに。

　なんで、いちばん嫌いなんて言っちゃったのかな。

「俺だって、しぃがよくわかんねぇよ」

「そうだよね。ごめん……」

　渉にいちばん嫌いだって言ってみたり、悪いヤツじゃな

いって言ってみたり、渉だって意味わかんないよね。

「あやまんなって。それに俺がどうしようと、しぃはべつに勘ちがいしねぇだろ？　ならいいじゃんか」

　勘ちがいしたら、どうするつもりなの？

　あたしを好きじゃないなら。

　あたしをなんとも思わないなら。

　あたしを振りまわさないでよ。

　もう……わけわかんない。

「ねぇ、もしかして渉って彼女いるの？」

「は？」

「彼女がいてもおかしくないでしょ。渉はモテるし」

　あたしの言葉に、渉はあきれたように笑う。

「俺モテんだ？　やっぱりな〜」

　すぐ、そうやってふざける。

「やめたほうがいいよって言ってたから。勘ちがいされると困るのは、渉に彼女がいるからなのかなと思って」

「彼女なんていねぇよ」

　渉に彼女はいない。

　よかったって、少し喜んでホッとしている自分がはずかしかった。

「言っただろ？　俺はいいヤツじゃねぇって」

「じゃあ、あたしに優しくするのはなんで……？」

「だから優しいってなに？」

「……わかんないよ」

「俺もわかんね」

渉はあたしからスッと目をそらす。

「わかんないって……」

　あたしのこと、ほかの子よりは少しだけでも特別に思ってくれているのかなって、うぬぼれてた。

　ちがうって思い知らされたり、期待させられたり。

　落ちこんでは喜んで、渉の言葉にまた落ちこんで。

　何度もその繰り返し。

「しぃは、なにが聞きたいの？」

　そんなこと素直に言えたら。

　誰だって、こんな思いしたりしないよ。

「わかんない」

　わかってるけど、そう言うしかなかった。

　本当はあたしのこと、どう思ってるの？

　そう聞きたい。

「わかんないっ」

「なんだそれ」

「いまの話、忘れて」

　あたしは渉に背を向けて、机の上に置いた掲示物をまとめる。

「俺だって、どーでもよかったら適当に言える」

　うしろにいた渉が、ボソッとつぶやく。

「それ……どういう意味……？」

　あたしが渉のほうに振り向くと、お互いに見つめ合ったまま黙りこむ。

　時計の針の音を消すみたいに、窓の外から雨音が聞こえ

てくる。

「雨だ」

　そう言って渉は、あたしから視線をそらして窓の外に目を向けた。

「朝は晴れてたのにね……」

「寒いし、このまま雪になるかもな」

「そうだね」

　教室の窓にあたる雨粒を見つめる。

　雨はどうしてこんなにも、あたしの心を切なくさせるのだろう……。

「もう、これで終わりだよな？」

　渉は、はがした掲示物をまとめて教室のゴミ箱に捨てた。

「うん。手伝ってくれてありがと」

「傘持ってんの？」

「ないけど……」

　ただでさえ寒い日なのに、冷たい雨にあたるなんて最悪。

　雨もやみそうにないし……。

「んじゃ、これ使え」

　渉は自分のロッカーの中から透明のビニール傘を取りだすと、あたしに差しだした。

「渉は？」

「俺は大丈夫」

「大丈夫って……傘、もう１本あるの？」

「どーせ、帰りに穂香のこと迎えに行くんだろ？　穂香まで風邪引いたらかわいそうじゃんか」

渉は、無理やりあたしに傘をにぎらせた。

「ありがと……」

「じゃーな」

　渉はあたしに手を振って、先に教室から出ていった。

　渉のビニール傘を両手でぎゅっとにぎりしめる。

　あたしは窓際に近づき、雨が降りしきる窓の外を見つめた。

「ちょっと……なんで……」

　渉の……嘘つき。

　ちっとも大丈夫じゃないじゃん。

　雨に濡れながら校門へと足早に歩いていく渉の姿が見えた。

「やめてよ……」

　……勘ちがいするから。

　あたしは胸の前で、ビニール傘を強くにぎりしめた。

　ほかの子と同じじゃイヤだよ。

　あたしを見て。

　あたし以外の子に優しくしないで。

　教室の窓から、渉のうしろ姿が見えなくなるまで見つめていた。

　そのとき、うしろから声が聞こえた。

「しぃ」

　振り向くと、繭が教室の扉の前に立っていた。

「繭……まだいたの？」

　いつからそこにいたんだろう。

もしかして、渉と一緒にいたのも見られていたのかな。

「さっきまで担任に呼ばれて職員室にいたの」

「そ、そっか」

「しぃ、穂香のこと迎えに行くんでしょ？　途中まで一緒に帰ろ？」

「うん」

　あたしと繭は、それぞれ傘をさしながら帰り道を歩いた。

　雨はどんどん強くなるばかり。

「繭は傘持ってきてたなんて、さすがだね。今朝あんなに晴れてたのに」

　あたしが言うと、繭は傘で隠れたあたしの顔を横からのぞきこむ。

「夕方は雨って天気予報で言ってたから。このビニール傘、しぃのじゃないの？」

「えっ？　あぁ……えーと」

　墓穴を掘ってしまった。

　すると、繭は道をふさぐ大きな水たまりの前で足を止める。

「ねぇ……勇人のこと、まだ好き？」

　繭が勇人の話をするなんて、めずらしかった。

　なんて言えばいいんだろう。

　渉への気持ち。

　今日はっきりと気づいたってこと。

　渉に惹かれはじめていること。

　この気持ちを素直に、繭に話したほうがいいのかな。

でもわからない。

勇人のことを忘れたわけじゃない。

いまも、勇人を思いだすと、苦しくて泣きそうになる。

あたしの心は、まだ中途半端だ。

「しぃ……？」

それでも繭には話そうと思った。

いまの正直な自分の気持ち。

「もう勇人とは想い合えないってわかってる。忘れられない人だって、そう受け止めて……心の中で想ってるだけにした」

傘の中から繭を見つめると、繭は切なげに微笑んだ。

「そっか……」

繭のほうから勇人の話をするなんて。

別れたあとでは、これまで一度もなかったと思う。

どうして急に勇人の話をしたんだろう。

「しぃ」

「ん？」

「もしかして伊吹のこと好きになった……？」

心臓がドクンッと跳ね上がる。

やっぱり、渉と一緒にいたところを見られていたのかもしれない。

「な……なんで、アイツ？」

繭には正直に話そうと思ったのに。

咄嗟にごまかしてしまった。

「最近、仲いいみたいだし」

雨恋 >> 91

「ち、ちがうよ」
　完全に打ち明けるタイミングを失った。
「この前さ、見ちゃったんだよね。屋上でしぃと伊吹が抱
き合ってるとこ」
「えっ……」
　あのときだ。
　渉がケンカした次の日。
　繭に見られていたなんて思わなかった。
「繭、あのね……」
「あのとき、授業が期末テスト前で途中から自習になって
……しぃがいないから、さがしにいったら伊吹と屋上にい
るのが見えて」
　どうしよう……。
　繭になんて話せばいいんだろう。
　いまからでも自分の気持ちを正直に話したほうがいいよ
ね？
　あんなに勇人を好きだったのに、渉に惹かれてるって？
　でも勇人への気持ちも、まだよくわからない。
　未練がないといえばたぶん、嘘になる……。
　どれも中途半端で、やっぱりまだ繭には話せない。
「アイツとは、なんでもないから」
「なんでもないのに抱き合うの？」
　いつも自分からはなにも聞いてこない繭が、こんなにも
いろいろと聞きたがるのはめずらしかった。
　でも、繭が疑問に思うのは当然のことだよね。

だけど、本当に渉はあたしのことはなんとも思っていなくて……。

　あれはケンカをした翌日で、いつもの渉じゃなかった。

「あれはいろいろ事情があってね」

「しぃは、伊吹のこと好きなの？」

　繭は、あたしの目をまっすぐに見つめる。

　繭にはもう少ししてから話そう。

　ちゃんと自分の気持ちがはっきりしたら。

「……好きじゃないよ」

「ホントに？」

「うん……」

　繭は、傘を持ったままその場にしゃがみこみ、水たまりに映る自分の顔を見つめる。

「ねぇ、しぃ……」

　雨の音にまぎれた、繭の小さな声。

「繭ね、ずっと言わなかったけど……しぃは親友だから言うね」

「え？　なに……？」

「繭は……伊吹が好き……」

　この冷たい雨は、いつ雪に変わるのだろう。

　どうして雨は、あたしが泣きたい日にいつも降るのだろう。

　あたしの涙を、悲しみを隠すみたいに。

　繭が渉を好きだと言った、冷たい雨の午後——。

優しい嘘

:・: 椎香side :・:

信じて疑わなかった。

なにがあっても友達。

そんなのきれいごとなのかな。

優しい嘘なんていらない。

たとえそれが、あたしのためでも。

ごめんね。

あたしが知りたかったのは、真実。

それだけだから。

昨日の雨が嘘のように、今日は朝から晴れていた。

でも冷たい北風が吹いていて、かなり冷え込んでいる。

　コートのポケットに両手を入れたまま、校門の前に立っていた。

　……学校、行きたくない。

「しぃ！」

　うしろを振り向くと、渉が笑顔で走ってくる。

「わ……」

　一瞬、笑顔になってしまった自分に気づいて、あわてて真顔に戻した。

　昨日のことがよみがえってくる。

『繭は……伊吹が好き……』

打ち明けられるまで気づきもしなかった。
　　繭の好きな人が渉だったなんて。
「っはよ」
　　渉は、あたしの頭を軽くポンとたたく。
　　触れられるだけで、胸がぎゅっと締めつけられるように
苦しい。
「渉、傘」
「わざわざ返さなくていいのに」
　　返そうと思って持ってきた、ビニール傘。
　　昨日あたしに傘を貸したせいで、渉は雨に濡れて帰った。
風邪を引いていないか心配だった。
「ありがとね」
　　傘を渉に渡すと、渉は穏やかな笑顔をあたしに向ける。
「しぃ、今日暇？」
「えっ？　今日？」
　　いきなりなんだろう。
「しぃ〜！　おはよぉ！」
　　そのとき、繭が手を振りながらこっちに走ってきた。
「ま、繭っ」
　　どうしよう……ヘンに誤解される前に行かなきゃ。
　　考えているうちに、繭はあたしの前に立った。
「伊吹もおはよ」
「おう」
「ふたりとも立ち止まって、なんの話してたの？」
　　繭の目をちゃんと見れなかった。

「ううん、なんでもない。あたし職員室に用あるから先に行ってるね」

　そう言ってあたしは、あわててその場から走り去る。

「あっ！　しぃ！　話まだ終わってねぇよっ」

　渉の声には振り返らず、そのまま走り続けた。

　ダメだ……。

　どうしたらいいかわかんない。

　繭の目をまっすぐに見れない。

　また誤解したかな。イヤな気持ちにさせたかな。

　ごめんね、繭。

　職員室に用があるなんて嘘だった。

　あたしは女子トイレの中で時間をつぶしてから、教室へ向かった。

「しぃ、おはよ」

　教室へ入った途端、となりの席の亮太がパンを口にくわえていた。

「亮太、朝ごはん？」

「あぁ。しぃも食う？」

「いい、大丈夫」

　あたし、じつを言うと、繭と亮太は付き合ってはいなくても両想いなんだろうなって勝手に思ってた。

　中学の頃から、亮太が繭のことを好きなのは知っていた。

　繭もその気持ちに気づいていると思ってた。

　でも、繭は亮太じゃなくて、渉が好きだった。

いつから渉のことを好きだったんだろう？
「あれ？　繭は？」
　トイレで時間を潰してきたのに、教室を見渡しても先に
行ったはずの繭の姿はなかった。
「まだ来てねぇよ？」
「そ、そう……」
　もしかして、渉とふたりで話してるのかな。
　そう考えたら、胸がモヤモヤしはじめた。
　すると、繭と渉が楽しそうに話しながら教室に入ってき
た。
　あたしはそんなふたりの姿を見ないように、あわててカ
バンから教科書やノートを出そうとする。
「あっ」
　机の上に山積みになった教科書やノートが、バランスを
崩して床に落ちていった。
「やっちゃった……」
　床にしゃがみこむあたしは、すぐさまそれを拾い集める。
　涙が出そう。
「しぃ、朝からドジだな。……ど、どした？」
　亮太が拾うのを手伝ってくれて、泣きそうなあたしの顔
に気づいてしまった。
「なんでもない」
「なんでもないって、その顔……」
　亮太が言いかけたとき、うしろから繭がやってきて拾う
のを手伝ってくれた。

「はい」

　そう笑顔で、拾い集めた教科書をあたしの前に差しだす繭。

「……ありがと」

　あたしも精一杯の笑顔で言った。

　笑うのがつらかった。

　あたし、うまく笑えてるのかな。

「しぃ」

　顔を上げると、渉が目の前に立っていて、床にしゃがむあたしを見下ろしていた。

「な、なに？」

　こんな顔。泣きそうな顔。

　いまは見られたくない。

　あたしはあわててうつむいた。

「ちょっと、話あんだけど……」

「いまはちょっと……」

　繭の前でやめてよ。

　あたしに話しかけないでよ。

　あたしだって、つらいんだから。

「いいから来いっ」

　そう言って渉は、あたしの腕を強引に引っぱって、教室から無理やり連れだす。

「ちょっと、離してっ」

　つかまれた腕が痛い。

「離してよっ！　なんなのよっ」

あたしの声を無視して一切振り向かず、渉は廊下を足早に歩いていく。
「どこに連れてくつもり？」
　繭……どう思ったかな。
　嫌われたくないのに。
　繭は友達だから。
　繭が渉を好きなら、渉への気持ちは抑えようと思った。
　それに、渉に惹かれはじめていたのはたしかだけど、勇人への未練もないわけじゃない。
　こんな中途半端な気持ちで繭にライバル宣言とか、あたしたちなにがあっても友達だよ、なんて言えない。
　だけど……渉のうしろ姿を見つめるだけで胸が苦しい。
　泣きたくなる。無性に切なくなる。
　気持ちが大きくなっていく……。
　階段を上がっていき、渉は勢いよく屋上の扉を蹴り飛ばした。
「痛いってば！　もう離してっ」
　渉はあたしの腕をやっと離した。
「なんでこんなことすんのよっ」
　我慢していたけど、ダメだった。
　涙があふれて止められない。
「なんで泣いてんだよ？」
　あたしにもわかんないよ。
「おまえ、なんかあったのか？　今日変だぞ？」
　あたしの頬に触れようとした渉の手を、思いきり振り払

う。
「アンタには関係ないでしょ!?」
　叫んでも、苦しくて。
　涙が止められなくて。
　どうしようもなく苦しかった。
「しぃ……俺、なんかした?」
「あたしのことは、ほっといて……」
　あたしのこと、なんとも思ってないんでしょ?
　優しくする理由も、わかんないくせに。
「……ほっとけねぇんだよ」
　小さな声でつぶやいた渉は、あたしの目をまっすぐに見
つめる。
「どぉして?」
「……わかんねぇけど」
　まただ。それが答え。
　適当なら答えられるって?
　そんなの逃げじゃない。
　都合のいい言い訳だよ。
　渉はあたしをなんとも思ってない。
　繭とも楽しそうに話してた。
　ううん、繭だけじゃない。女の子なら誰とでも。
　あたしは渉の特別じゃない。
　あたしがいくら泣いたって。
　渉に惹かれてたって。
　渉にとっては、そんなのなんの意味もないこと。

「もぉ……イヤ……」

「だから、なんかあったのかよ？」

　渉のその理由のない行動が、あたしの頭と心を掻き乱すんだよ。

「お願いだから。もう、かまわないで」

「おいっ！　しぃ……」

　あたしは渉を屋上に残して、その場から走り去った。

　ねぇ……繭。

　あたしも渉が好きって言ったら、繭はどうする？

　それでも友達だって言ってくれる？

　怖いの。

　みんないなくなるから。

　これ以上……大切な人を失うのが怖い。

　繭まで失いたくない。

　休み時間、亮太から体育館裏に来るよう呼びだされた。

「亮太っ」

　体育館裏の石の階段に座っていた亮太。

「おう」

　亮太は、あたしに温かい缶のカフェオレをくれた。

「まぁ、座れよ」

「ありがと」

　誰もいない静かな体育館裏。

　あたしは亮太の隣に座った。

「しぃさ、繭となんかあった？」

「……なんで？」

「なんか、おまえらおかしい」

　さすがに、亮太には気づかれるよね。

「そう……？」

　でも言えるわけない。

「そーだよ」

「亮太の思い過ごしだよ」

「あと……しぃは渉となんか……その、あれか？」

　亮太は自分のカフェオレをひと口飲んで、言葉を濁した。

「なんかって……？」

　あたしが聞くと、亮太はあたしの目をまっすぐに見つめる。

「付き合ってるとか……？」

　亮太の思いがけない言葉に一瞬驚いたけれど、あたしは笑って答える。

「そんなわけないじゃん。付き合ってないよ」

　亮太に相談したいけど、亮太は繭が好きだから。

　繭の好きな人が渉だなんて言えない。

「そっか。さっきの感じで……なんとなくさ」

　渉に強引に連れ去られたから、亮太まで誤解してる。

「いや、渉ってモテるじゃん？　女子のほうから積極的なのはよく見かけるけど。なんか渉……しぃに対してはちがうなと思ってさ」

「……そんなことないよ」

　あたしは渉にとって、特別な女の子なんかじゃない。

渉の答えはいつも曖昧で、あたしは勝手に振りまわされているだけ。

「しぃは、渉のこと好きじゃねーの？」

「……うん、好きじゃない……好きなわけないよ」

　そう言うしかなかった。

「そっか、ヘンなこと聞いたりして悪かった。俺さ、しぃには新しい恋をしてほしいんだよ」

　亮太……心配かけて、ごめん。

　勇人と別れたあとのひどかったあたしを、亮太は知ってるから。

　きっと、心配してたよね？

　なのに本当の気持ちを言えなくて、ごめんね。

「勇人のこと……忘れたわけじゃないの」

　あたしがつぶやくと、亮太はこめかみを掻きながら気まずそうな顔であたしを見る。

「まだ半年も経たないもんな……。ごめんな、新しい恋なんて言って……」

　渉の言葉を思いだしていた。

『忘れなくていいじゃん』

　そのひと言で、あたしは不思議なほどラクになったんだ。

　好きなままでいよう、そっと胸の奥にしまったまま、勇人を想っていようって。

　でも気づけば、渉に惹かれはじめている自分がいた。

「でもね、勇人とヨリを戻したいとか、そんなふうにはもう思ってないんだ。もう無理なんだって、ちゃんとわかっ

てるから」

　亮太にすべて話してしまえたら、どんなにラクだろう。

　でも言えない。

　繭のことは言えない。

「少し、前に進んだな……」

「そうかも」

「好きな人できるといいな」

「……そだね」

　渉に惹かれる気持ちを、どうしてためらうのかがわかった。

　失うことが怖いんだ。

　また人を好きになって、その人を失うことが。

　愛が消えてしまうことが怖いんだ。

　付き合っていた頃、勇人はあたしに言ってくれた。

　あたしのためならすべてを捨てられるって、そう言ってくれた。

　それなのに、すべてをなくしたのは、あたしだけ。

　勇人の愛なんて……簡単に消えた。

　求めなきゃ失わない。

　信じなければ失わない。

　そう生きれば傷つかないのに。

　でも心は嘘をつけなかった。

　どうして……繭。

　なんでよりによって、渉なの……？

　ごめんね、繭。

あたし、恋と友情どっちを取るって聞かれたら、友情って答えるつもりだった。

　けど、いまはどっちも選べない。

　最低だね、あたし。

　だけど繭に嘘はつきたくない。

　だから……いまの気持ちを正直に話そうと思う。

　教室に戻ると、繭は席に着いて黙々とノートを書いていた。

「繭……なにしてんの？」

「古文の宿題やってなくて。しぃはどこに行ってたの？」

「えっと……ジュース買いに。宿題、間にあう？」

「余裕っ」

　頭良し、スタイル良し、性格良し、おまけに超がつくほど美人……才色兼備という言葉は繭のためにあるのだとさえ思う。

　繭は誰から見ても、完璧な女の子だった。

　大好きな、あたしの自慢の親友。

　これ以上、嘘をつきたくない。

「繭にちょっと話があるんだけど……」

「うん、どした？」

　繭は手を止めて、あたしのほうに体を向けた。

「あのさ、繭」

　言わなきゃいけないと思った。

　いまのあたしの気持ちを、正直に。

雨恋 >> 105

「しぃ……？」
「ごめんね、宿題の続き、やっていいよ。たいした話じゃ
ないから……」
　言うと決めたのに勇気が出ないのは、嫌われる覚悟がで
きていないからだ。
　繭はきっと、一緒にがんばろうって言ってくれる。
　そう信じているはずなのに……。
「しぃ……気になるから話してよ？」
「ホントに大丈夫だから」
　あたしは無理に笑顔を作った。
「しぃ、ヘンだよ？」
「なんかたいした話じゃないから、忘れちゃった」
「なにそれぇ。思いだしたら話して？」
「うん、わかった」
　あたしは自分の席に座った。
　一緒にがんばろうなんて、きれいごとなのかもしれない。
　もし、繭と渉が付き合ったら？
　あたしは笑顔で、おめでとうって言えるの？
　そばでふたりを見守る覚悟が、本当にある？
　でも、このままでは前に進めないこともわかってる。
　だったら……繭になんて言えばいいんだろう。
　言わなきゃ。でも怖い。
　繭は友達だから、すべて話す？
　でも、あたしがすっきりしたところで、繭の気持ちは
……？

繭を傷つけることになるのに、それでも話したいと思うのは、あたしのエゴなのだろうか。

　学校の帰り、いつものように穂香を保育園へ迎えにいった。
　でも、いつもとはちがうことが起きていた。
　保育園の先生から、穂香がほかの園児たちとケンカをしたと聞いた。
　斜め前を歩く穂香の背中を見つめながら、さっきの先生との会話を思いだしていた。

『お絵かきの時間に、穂香ちゃんが描いた絵を見て……まわりの子たちがいじわるを言ったんです』
『いじわるですか？　穂香は、なんの絵を？』
　先生はため息をつく。
『それが……穂香ちゃんと、お姉さんと、お母さんと……お父さんの４人が手を繋いでいる絵を描いていて……』
"お父さん"
　胸が痛んだ。
　パパの絵を穂香が描いた。
　穂香は知らない、優しいパパを。
　穂香の誕生日に死んだパパを。
『ほかの子たちが"お父さんいないくせに"って穂香ちゃんを嘘つき呼ばわりして……』
『……そうですか』

『髪の毛を引っぱり合ったりしてケンカがはじまったので、
あわてて止めたんですが……』

『あの……相手の子はケガとかしてませんか？』

『それは大丈夫です。でも、穂香ちゃんは髪を引っぱられ
ても泣きもせず、そのあともずっと黙ったきりで』

『そうですか……。ご迷惑おかけしました』

　あたしは先生にお辞儀をして、部屋の隅で積み木で遊ん
でいた穂香を呼んだ。

　家までの帰り道、その小さな背中はとても悲しそうで、
胸が苦しくなる。

「穂香」

　あたしの声に立ち止まる穂香。

「穂香？」

　いつも元気で、おしゃべりが大好きで、よく笑う子なの
に。

　今日は黙ったままだ。

「穂香、夕飯なにが食べたい？」

　あたしが明るく聞くと、穂香はうつむいたまま小さな声
で言った。

「おねぇちゃん、おこらないの？」

　穂香は右手で目をこする。

「おねぇちゃん……ごめんなしゃい」

「穂香……」

「おともだちには、やさしくしなきゃだめって……おとも

だちにイタイイタイしちゃだめって……おねぇちゃんと
の、おやくそく……」

　あたしは穂香の前にしゃがみこんで、両手で穂香の頬を
包みこむ。
「約束、これからは守ろうね？」
「はぁい……」

　あたしがニコッと笑っても、穂香の表情は堅いままだっ
た。
「穂香？」

　穂香の大きな瞳に涙があふれだす。
「……ひっ……っく……おねぇちゃ……なんで……ほのか
に……パパいないのぉ……？」

　穂香があたしにパパがいない理由を聞いてきたのは、こ
の日が初めてだった。

　いつかこんな日が来ることは、ずっと前からわかってい
たのに……。

　頭の中で、先生に言われた言葉が繰り返される。
『穂香ちゃんと、お姉さんと、お母さんと……お父さんの
４人が手を繋いでいる絵を描いていて……』

　道のまん中で、泣きじゃくる穂香をぎゅっと抱きしめた。
「穂香……ごめんね……」
「……おねぇちゃ……ほのか、クリスマスプレゼントは
……うぅ……パパがほしい……」

　穂香……ごめんね。

　穂香にパパがいないのは、お姉ちゃんのせいなの。

雨恋 ≫ 109

「……サンタしゃんに……おねがいしゅる……」
「穂香、パパはね……遠いところにいるから逢えないの」
「……やぁだぁ……うぅ……」
「穂香、泣かないで」
「パパ……ううっ……ほのかのパパぁ……」
　抱きしめていた小さな体を離したあたしは、ハンカチを取りだして、穂香の涙をぬぐう。
「穂香には、ママもお姉ちゃんもついてるから」
「いやだぁ～えーんっ……パパに……あいたいーっ！」
　穂香は足をジタバタさせながら泣き叫ぶ。
「パパがいいのぉ……パパぁ……」
「いい加減にしなさいっ」
　あたしの大きな声に、穂香の小さな肩がビクッと跳ね上がる。
　それを見て、あたしはハッと我に返った。
　こんな小さな子の胸を、なぜ痛ませなければならないのだろう。
「ち、ちがうの穂香……ごめん、怒ったりして……」
　あたしは一体、なにをしているんだろう。
「穂香はなにも悪くないよ」
　あたしは穂香をもう一度優しく抱きよせ、その小さな背中を優しくなでた。
　穂香はなにも悪くないのに。
　悪いのはあたしなのに。
　最低だ。

「おねぇちゃん……ないてるのぉ……?」

「泣いて……ないよ……」

「ごめんなしゃい……おねぇちゃん……」

　いつかこんな日が来るってわかってた。

　パパが死んだのは、あたしのせいなのに。

　穂香は友達から髪を引っぱられて、嘘つき呼ばわりされて。

　人前では泣かずに、あたしが迎えに来るまでちゃんと待ってた。

　こんな小さな子に……どうしてこんな思いをさせなきゃいけないんだろう。

　ごめんね、穂香。

　ねぇ……パパ。

　パパだって穂香に逢いたかったでしょ……?

　穂香がパパに逢いたいって泣いてるの。

　やっぱりいくらがんばっても、あたしはパパの代わりにはなれないよ。

「ねぇ、おねぇちゃん」

「ん?」

「ほのかね、ホットケーキたべたいな」

「わかった。ご飯のあとにホットケーキ作ってあげる」

「おねぇちゃん、ありがとぉ」

　穂香を抱きしめながら、あたしも涙が止まらなかった。

「おねぇちゃん……だいしゅき……」

　"お姉ちゃん、大好き"

その言葉がこんなにも、つらいなんて。

「うちに帰ろう？　日が暮れちゃうから……」

あたしは穂香の体を離し、あわてて自分の涙を両手でぬぐう。

「おねぇちゃん、おててつなごう？」

「うん」

オレンジ色に染まる空の下、ふたつの黒い影が並んでいる。

あたしは穂香の手をぎゅっとにぎりしめて歩いた。

ねぇ、パパ……知ってる？

ママがどれほど、パパを愛していたかってことを。

パパが死んでから、ママはお酒を飲んでばかりなの。

パパが生きていた頃は、ひと口も飲まなかったのにね。

ママはパパを愛してた。世界中の誰よりも。

ママね、パパが死んでから、一度も泣いてないの。

事故のことを、一度もあたしに聞いてこないの。

なんでかわかる？

あたし、ママがどう思っているのか知るのが……怖い。

ねぇ、パパ……。

穂香が初めてサンタさんに頼んだプレゼントは、パパだったよ。

あたしは、どうすれば罪を償えるのかな。

その日の夜。

あたしはどうしても寝つけなくて、1階のキッチンに

行った。

　いつもだったら、眠れないときは料理をする。

　料理をしていると、ほかのことを考えずにいられるから。

　あたしはボーッと冷蔵庫の中を見つめる。

　なんだか今日は、料理をする気力さえなかった。

　頭の中がモヤモヤして、体がなんとなくだるい。

　あたしは気分転換をしようと、ふらっと外へ出ていく。

　時計を見ると、夜中の1時すぎ。

　あてもなく、冷たい北風の中を歩いた。

　ときどき、消えてしまいたいと思うことがある。

　いまも、そんな気持ちだった。

　国道沿いの道を歩いていると、何台かの車が通り過ぎていく。

　道を照らす街灯のオレンジ色の光。

　住み慣れた街なのに、なぜか知らない街を歩いているような気がした。

　スピードを出す車を横目に、あたしは歩道をゆっくりと進んでいく。

　真冬の夜は凍えるほど寒いはずなのに、あたしの体が熱いのか、ひんやりとした空気さえ気持ちよく感じた。

「ハァ、ハァ……」

　歩道橋を見つけたあたしは、階段をゆっくりと上がっていく。

　頭がズキズキと痛くなってきた。

　あたしは歩道橋の上から、国道を走る車をボーッと眺め

る。

　あの事故以来、車には乗っていない。

　怖くて乗れるわけがない。

　いつか穂香がこんなふうにパパを恋しがることくらい、わかっていたはずなのに。

　結局、どうしたらいいかわからなかった。

　あたしは力が抜けたように、その場にしゃがみこむ。

　目を閉じると、渉の顔が浮かんだ。

「いま……なにしてるんだろう……？」

　会いたい。

　ただ……会いたい。

　顔が見たい、声が聞きたい、抱きしめてほしい。

　こんなにも渉を想っていたなんて、自分でも信じられなかった。

　この気持ちは、恋……だよね？

　だけど、渉との距離が近づくたびに、勇人の顔が浮かぶのも事実で……だから、自分の気持ちがわからなくなる。

　そのとき、ケータイが鳴った。

　ポケットから取りだしてケータイの画面を見ると、渉からの電話だった。

　もしかして……あたしの声、届いたの？

　渉に会いたいって。声が聞きたいって。

　渉……会いたいよ。

　いますぐに、会いにきてほしい。

　あたしは電話に出る。

「……渉？」

『寝てた？　あれ？　おまえ……外にいんの？』

　声を聞くだけでもよかったはずなのに。

　渉の声を聞いたら、余計に寂しくなった。

　渉に会いたい……。

「外にいるって、なんでわかったの？」

『車の音が聞こえる。つうか、こんな夜中にどうして外に？』

　この想いも、涙も抑えきれない。

「……来て」

　気づいたらもう、言葉に出していた。

『え？』

「渉……」

　もう……戻れない。

「いますぐ来て」

　ケータイをにぎりしめる手が震える。

　寂しくて、苦しくてどうしようもなかった。

　いますぐに会いにきて……。

　冷たくなった手をにぎりしめて。

　あたしを抱きしめて……。

　渉が、あたしのところに来るはずなんてなかった。

　渉にとって、あたしは特別な人じゃない。

　それに、こんな夜中に来てくれるわけがない。

　来る理由もない。

　なによりあたしは、場所も告げずに一方的に渉の電話を

雨恋 >> 115

切ってしまった。

　そのあと、何度もかけ直してきた渉の電話には出なかった。

　渉に会ったら、きっとこの気持ちを抑えられないから。

　『いますぐ来て』なんて言ってしまったことを後悔していた。

　だけど渉があたしのところに来ることはない。

　これでよかったんだ。

「……え……雪……？」

　夜空から、白い雪が舞い降りてきた。

　初雪だった。

　手のひらにおちてきた雪は、すぐに溶けて消えてしまった。

　悲しい過去も、胸を引きさかれるような苦しみも。

　この想いも……。

　雪のように溶けて消えてくれたらいいのに。

「しぃ……っ」

　どこからか聞こえた、あたしを呼ぶ声。

　声のほうに振り向くと、歩道橋の階段を息を切らして駆け上がってきた渉が見えた。

「どぉ……して……？」

　渉の姿を見た瞬間に、涙があふれた。

「こんな夜中に、ひとりでなにしてんだよ？」

　渉はこっちに歩いてくる。

　なんで……？

　なんで渉がいるの……？

「渉……っ」
　どうして、あたしがここにいるってわかったの？
　あたしをさがしてくれたの？
「寒くねぇのかよ？」
　渉はあたしの前で立ち止まった。
　ただ、会いたくて。
　渉の顔が見たくて、声が聞きたくて。
　ねぇ……涙が止まらないよ……。
「しぃ？」
「……なんでよ」
　声が震えた。
「椎香？」
　あたしは渉にしがみついた。
　なんで、あたしを見つけたの……？
　渉は、あたしの体を優しく抱きしめてくれた。
　ずるいよ。
　肝心な言葉は、いつもわからないってごまかして。
　それなのに、こうやってあたしを見つけだす。
「渉……」
　抱きしめて、もっと強く。
　渉の腕の中で、このまま眠りたい。
　渉の腕の中は、不思議なくらい落ち着く。
　学校の屋上で、死ぬほど泣けばって渉があたしに言って
くれたあの日から、ここがあたしの泣く場所になってた。
「なに泣いてんだよ？」

雨恋 >> 117

「……泣いてないってば」

「なんかあったのか？」

　あたしを抱きしめたまま、渉はあたしの背中を優しくトントンとたたいた。

　渉への気持ちが、あふれだしそうで怖い。

　この想いを、どう渉に伝えたらいいかもわからない。

　渉はあたしの体を離し、あたしの顔をジッと見つめる。

「おまえ、顔赤くね？」

「ん……なんか体が熱い……」

「おまえ熱でもあるんじゃ……」

　渉はあたしのおでこに手をあてた。

「完全に熱あるじゃんか。具合悪いのに、なにしてんだよ」

「眠れなくて……」

　頭がボーッとして、めまいがする。

「アホか、おとなしく寝てろよ」

　渉の顔は、いつになく真剣で。

　あたしのことを本気で心配してくれているのが伝わってきた。

「なんとなく……家にいたくなかったんだもん」

「とりあえず、送る」

　あたしは渉の腕をつかんだ。

「帰りたくない……」

「熱あんのになに言ってんだよ。雪も降ってんのに」

「ん……初雪だね」

「おまえ熱のせいか、おかしくなってるな」

あたしは左手で、渉の頬にそっと触れた。

「渉……」

　帰りたくない。

「キス……しよ……」

　たくさん傷ついて、たくさん泣いて。

　それでも人は恋をする。

　求めなきゃ失わないのに、求めずにはいられない。

　勇人を失って、もう二度と恋なんてできないって思った。

　勇人を忘れられるわけないって。

　あんな幸せは、もう二度とないんじゃないかって。

　だけど、好きになってしまった。

　もう一度、幸せになりたいと願ってしまった——。

　体がふわふわして心地いい。

　こんな優しい世界が、まだあったんだ。

　きっと、夢の中にちがいない。

　このままずっと、目が覚めなければいいのに……。

　あたしは、どこにいるんだろう。

　ゆっくりと目を開ける。

　真っ暗でなにも見えない。

「……っ」

　この匂い、アクアブルーの海にいるような香り……。

　この匂い……知ってる。

　目の前の視界はさえぎられ、思うように身動きできない。

　あたしは顔を上げると、信じられない現実を目のあたり

にした。

　あたしはベッドの中で、渉に抱きしめられて眠っていたんだ。

「ぎゃぁっ」

　なに……!?

　なにが起きてんの!?

「んっ……しぃ……?」

　渉が寝ぼけながら、あたしを見る。

　なんで渉がここにいるの?

　どうしてあたしと一緒に寝てるの?

　そういえば夜中、歩道橋にいたあたしを渉が見つけてくれて……。

　記憶を思い起こしていると、ズキズキと頭が痛んだ。

　そうだ、熱があって。

　具合の悪いあたしを渉は……そこからどうしたんだっけ?

　着ている服を見ると、あたしの服じゃない。

　下着はそのままだけど、ぶかぶかのトレーナーを1枚着ているだけだった。

　あたしの服はどこ?

　まさかあたし、渉とベッドで眠って……。

　そういうことしちゃったとか?

　嘘でしょ。なにも覚えてない……。

「しぃ、具合は?」

　ベッドの上に座った渉は、眠たそうな目をこすりながら、

あたしを見る。

「こ、これどぉいうこと……？」

「おまえ、なんも覚えてねぇの？」

　あたしは小さくうなずく。

「マジかよ」

「そ、その……もしかして、あたしになんかした？」

　あたしはベッドの上の毛布にくるまり、渉を見つめる。

「キスしよって言ったのは、しぃだろ？」

「そ、そんなこと言ってないっ！」

「熱あったからって、覚えてねぇのかよ」

　本当は覚えてる。

　でもそこから記憶が一切ない。

「……ったく。なんもしてねぇから安心しろ」

　そう言って渉は、優しく微笑んだ。

「へっ？」

　自分でも驚くほどマヌケな声を出してしまった。

「なんもしてねぇよ。キスも。おまえ、ホントに覚えてねぇんだな」

「だ、だって、女好きの渉がなにもしないわけないじゃん」

「おまえが家に帰りたくねぇって言うから、おぶって俺の家に連れてきてやったんだぞ？　少しくらい感謝しろよ」

「お、おぶって!?」

　なにそれ……最高にはずかしい。

　ここは、渉の部屋なんだ。

　改めて部屋の中を見まわした。

シンプルで余計なものはなにも置いていない男の子の部屋って感じだった。

「なにニヤニヤしてんだよ？」

「べ、べつにっ」

　渉の部屋を知れて、ついうれしくなっちゃった。

「それより、あたしの服は？」

「ベッドの下にあんだろ。熱のせいで汗かいてたから着替えさせてやったのに」

「ぬ、脱がしたのっ？」

「そりゃそーだろ」

「……あたしの体見た？」

　渉はあきれた顔でため息をつく。

「おまえなぁ……そんな顔で見んなよ。世話でそれどころじゃねぇっつーの」

「じゃあ、なんで……？」

「は？」

「目が覚めたら渉に抱きしめられてたから……」

「それは……」

　渉はあたしから顔をそむけた。

「しぃが眠りながら、泣いてたから……」

　あたしが泣いてたから？

　それで抱きしめていてくれたの……？

　渉はあたしに背を向けて、ベッドの端に座りなおした。

　優しさに甘えたら、また自分の足で立てなくなる。

　勇人のときと同じことを繰り返してはいけないのに。

渉の優しさにまた涙が出そうになって。

　あたしはその大きな背中にもたれていたかった。

　だけど、伸ばしかけた手をあたしは元に戻す。

「ごめんね、迷惑かけて。あたし帰るね」

　部屋の時計を見ると、朝の6時を過ぎたところだった。

「家に帰って、学校に行く準備しないと……」

　あたしはベッドから下りて自分の洋服を手に取る。

「今日、土曜だぞ？」

「……そぉだった」

　今頃、ママも穂香も、あたしが家にいないこと気づいたかな。

　ケータイが鳴らないってことは、まだ気づいてないよね。

　早く家に帰らなきゃ。

　部屋のカーテンを開けると、曇った窓からぼんやりとまっ白な景色が見える。

「雪、積もったんだね」

「あぁ。なぁ、寒いだろ？　こっち来いよ」

　早く帰らなくちゃいけないのに、渉の言葉に素直に従ってしまう。

　ベッドの上に並んで座り、壁にもたれて、ふたりでひとつの毛布をかけた。

　渉の腕とあたしの腕が触れている。

　こんなにドキドキするくらい、あたしの気持ちは大きくなっていたんだ。

「なんで急に黙んだよ？」

「べ、べつに……」

　はずかしくなって、あたしはうつむいた。

「キスしたかったんだろ？　なにもなくて残念だった？」

　渉はイタズラっぽい顔をして、あたしの顔をのぞきこむ。

「バッバッカじゃないのっ」

　あたしのバカ。バカバカ。

　なんであんなこと言っちゃったんだろう。

　熱のせいだ。

「ハハッ」

「笑わないでよ」

　無邪気に笑う渉の笑顔に胸がしめつけられる。

"好き"って、ただひと言。

　素直に言えたらいいのに。

「もう具合よさそうだな」

「うん」

「どうしてまじめなしいちゃんが、あんな夜中に外にいたんだ？」

　あたしは窓のほうを見てつぶやく。

「穂香が……パパに逢いたいって」

「……そっか」

「いつかこんな日が来るって、わかってたはずなのに……」

「穂香はなにも知らないんだろ？　話すのか？」

「穂香やママに……どう償えばいいんだろう。すべてを話すのは怖い。大切な人に嫌われたくない……」

　できることなら、一生言いたくない。

パパはあたしが殺しました、なんて……。

「償うとか、そんなふうに考えんな」

「でも……」

「いまでも十分、おまえは母親や妹を大切にしてんじゃん。しいは、なにも考えずにそのままでいればいいよ」

「渉……」

「いい子だな、おまえは。やっぱり俺とおまえは全然ちがう」

「なにそれ……」

　なんで渉は、そうやって人と距離を置きたがるんだろう。

「あっ！」

「どした？」

「渉の両親にどう挨拶すればいいの？　夜中に家に来る女なんて、非常識にもほどが……」

　非常識どころか、初対面でこれはない。

「俺ひとり暮らしだから」

「えっ？　親は？」

「俺のことはいいよ。服、着替えるなら俺向こうにいるから」

　そう言って渉は、部屋を出ていってしまった。

　ひとり暮らしって、まだ16歳なのに？

　どうしてそんな寂しい思いをしてるの？

　渉のこと、もっと知りたいのに。

　渉との距離はちっとも縮まらなくて、また切なくなった。

　何度も断ったのに、渉はあたしを家まで送っていくと言った。

雨恋 >> 125

　渉の家を出て、うちまでの道を並んで歩いていく。
「雪で滑って転ぶなよ？」
「そんなドジじゃありませ〜ん」
　でも、雪が積もった道を歩くのは、慣れていないし大変
だった。
「俺にはドジにしか見えねぇけど」
「なっ！」
　あたしは立ち止まって雪を丸めた。
　それを少し前を歩く渉の背中に投げつける。
「おまえなぁ……幼稚園児かよ」
　あきれた様子で、渉は振り返った。
「なによ？　やるの？」
「売られたケンカは買う主義だ、俺は」
「ケンカはダメって言ったでしょ？」
　道の途中で、ふたりだけの雪合戦が始まった。
「バーカっ」
　そう言って雪を投げつけて、イタズラっ子のように笑う
渉。
　渉も十分、幼稚園児じゃない。
「キャハハッ……冷たいってばぁ〜もう〜やめてっ！」
「しぃ……っ！」
　楽しくて、夢中で。
　だからあたしは、車が来ていたことに気づかなかったん
だ。
　車のクラクションが鳴り響いた瞬間、あのときの事故が

よみがえった。

　足が動かない……。

　雪の中に埋まった足を、動かさなきゃいけないのに。

　早く逃げなきゃ。

　……パパ。

　死んじゃやだ、パパ。

　パパぁ……!!

「しぃ……っ!!」

　気づいたときには、渉に抱きしめられたまま雪の上に倒れこんでいた。

「ハァッ……ハァッ……」

　息が苦しい。

　あたしは、渉から離れる。

「しぃ、大丈夫か……?」

「ハァッ……ん、うん……ごめん……っ」

　起き上がったあたしたちは、雪の上に座る。

　あたしはうつむいて、胸のあたりをぎゅっとつかんだ。

　しっかりしなきゃ……。

　渉はあたしの肩に手を置くと、あたしの顔を心配そうにのぞきこむ。

「大丈夫……ありがとう……」

　あたしは息を大きく吸って吐きだした。

「……伊吹?」

　その声にゆっくりと顔を上げると、そばには繭が立っていた。

ま、繭……。

「しぃ？　こんなとこでふたり、なにしてるの？」

　あたしを見つめる繭の目をまっすぐに見ることができなくて、あたしはまたうつむいた。

「俺としぃは、朝帰りっ」

「ちょっと……！」

　繭に誤解されたら、どうすんのよ。

「朝帰りって……」

「あのね、繭、これは……」

「ごめん、しぃ。繭急ぐから。あとで連絡する」

　そう言って繭は、歩いていってしまった。

「ちょっ……繭っ」

　あのとき、話せばよかった。

　繭が渉を好きだって打ち明けてくれたあのとき。

　あたしも渉が好きかもしれないって、そう言っておけばよかった。

　こんな形で繭を傷つけたくなかった。

「しぃ？」

　渉があたしの顔を見つめる。

「なんで朝帰りなんて言うの？」

「ホントのことじゃんか」

　繭を傷つけてしまったのに、前のように渉に冷たくできなかった。

　渉はあたしを家の前まで送ると、そのまま帰っていった。

家に着くまでの間、あたしの頭の中は繭のことでいっぱいだった。

　玄関を開けると、ちょうどママが出かけるところだった。

　あたしは朝帰りしたことを怒られると思って、ぎゅっと目を瞑る。

「仕事行ってくるわね」

　いつもと変わらないママの声。

　あれ……？　怒ってないのかな。

　恐る恐る目を開けて、ママの顔を見た。

　ママの表情は穏やかだった。

「今日はそんなに遅くならないわ」

「うん……いってらっしゃい」

　ママは急いでいたのか、あたしが朝帰りしたことには一切触れなかった。

　てっきり怒られると思っていたのに。

「おねぇちゃん……おなかすいたぁ」

　穂香はいま起きてきたらしく、目をこすりながら階段を下りてきた。

「いま作るね。顔洗ってきて」

「はぁい」

　穂香の背中を見つめる。

　あたしはポケットからケータイを取りだすけど、繭からの連絡はなかった。

　繭に嫌われてしまったんじゃないかって、不安でたまらなかった。

雨恋 ≫ 129

　：：　渉side　：：

　しぃを家に送ったあと、道でうしろから声をかけられた。

「渉くん……よね？」

　その声に振り向くと、しぃの母親だった。

「えっ、あ……どうも」

　俺が頭を軽く下げると、しぃの母親は俺のほうに歩いて
きた。

「しぃのこと、家まで送ってくれてありがとう」

「いや、その……すいませんでした」

　朝帰りしたことをしぃの母親に怒られると思った俺は、
先にまずあやまった。

「私も仕事だから、歩きながら話しましょ？」

　俺としぃの母親は雪の道を歩いていく。

「土曜も仕事なんすね」

「ええ。渉くんはしぃの彼氏なんでしょ？」

「いや、ちがいます」

「そうなの？　てっきりふたりは付き合っているのかと
思ってたわ」

　しぃの母親の言葉に、俺は気まずい気持ちになる。

「しぃのことは信じているわ。だから朝帰ってきたことも、
なにか理由があるんでしょ？」

「あ……はい」

「理由は聞かないほうがいいかしら？」

　なにを言えばいいのかわからなくて、俺は黙りこむ。

「しぃは本当に手がかからない子でね」

「そうでしょーね」

「仕事が忙しくてね。家のことも妹のことも全部しぃがやってくれて助かってるわ」

　しぃがどんな気持ちで妹の面倒を見ているか。

　しぃがどんな気持ちで家のことをしているか。

　この人、なにも気づいてないんだな。

　俺は立ち止まり、しぃの母親の背中を見つめる。

「渉くん？　どうしたの？」

　しぃの母親が振り返った。

　なにもわかってない。

　しぃがどんな気持ちで……いま、どんな気持ちでいるか。

「余計なお世話ですけど、言っていいっすか？」

「えぇ」

「アイツ、昨日熱ありましたよ」

　俺の言葉にしぃの母親は、驚きを隠せない様子だった。

「さっき帰ってきたときは、具合悪いようには見えなかったけど」

「もう、よくなったみたいで」

「そう……よかったわ」

「仕事忙しいからって、アイツのこと、ちゃんと見てます？」

「そのつもりだけど……」

「そんなふうには見えないっすけどね」

「渉くん……」

「必死で、いい子を演じてんすよ」

　父親の事故を自分のせいだと、いまだに責め続けて。

大好きな母親と大好きな妹に嫌われるのが怖くて。

　しぃは、いい子過ぎるくらい、がんばっていい子をいつも演じなければならなくなった。

「しぃはいい子よ？」

　俺はいつから他人の世話を焼くようになったんだ？

　どうかしてる。

「純粋です、バカなくらい。でも……アイツは暗闇の中を歩き続けてる。４年前からずっと苦しんでるんすよ」

「４年前って？　もしかして事故のことかしら」

「しぃは、母親も妹も大切に想ってる。あなたはどうなんすか？」

「大切に想ってるに決まってるじゃない」

　だったら、気づいてやれよ。

　しぃがどんな気持ちでいるか。

　もっと、しぃのこと見てやれよ。

「しっかりしてても、まだ16歳っすよ」

「渉くん、しぃからなにか聞いてるの？」

「いえ……でもわかるんすよ」

　俺はしぃをほっとけなかった。

　本当の気持ちを言えなくて。

　無理しているアイツを知っているから。

「アイツのこと、もっと見てやってください」

　しぃの母親に頭を下げた。

「じゃ、俺はこっちなんで」

　俺はしぃの母親をその場に残して、歩きだした。

道の角を曲がったところで立ち止まり、地面の雪を思い
きり蹴り上げる。
「なにやってんだ、俺」
　　俺には関係ないのに。
　　しぃのことなんか、俺には関係ないのに。
　　俺はどうして、アイツのことでムキになるんだろう。

雨恋 >> 133

：：　椎香side　：：

　夜の9時を過ぎたところだった。

　穂香の布団にふたりで横になり、絵本を読んであげていた。

「そして王子様とお姫様は……」

　絵本を読み終わる前に、いつのまにか穂香は寝息をたてていた。

　毛布を穂香の小さな体にかけてから、あたしは部屋の壁にもたれて座った。

　鳴りもしないのにケータイを見つめる。

　誰からの連絡を待っているんだろう……？

　あたしは深くため息をついた。

　今朝、最悪なタイミングで繭と会ってしまった。

　繭はあとで連絡すると言っていたけれど、連絡はなかった。

　だけど、自分から連絡する気にもなれなかった。

　ちゃんと繭の目を見て話さなきゃ。

　あたしの気持ちはちゃんと会って伝えなきゃ。

　そのとき、部屋のドアが静かに開いた。

「しぃ……？」

　仕事から帰ってきたママだった。

「おかえり」

「ただいま」

　今日のママは、お酒を飲んでいないみたいだった。

　仕事の日も、休みの日も、お酒を飲まない日はほとんど

なかったのに。

　ママがなにか思いつめたような表情をしているから、なにかあったんだと思った。

「どぉしたの？」

　ママはあたしのとなりに座ると、あたしの手を取る。

「しぃ……」

「ん？」

「もしなにか悩みがあるなら、ママに話して？」

「……急にどぉしたの？」

「なにか、ママに言いたいことない？」

　４年前からずっと、ママに言わなきゃいけないことがある。

　けど……話す勇気がない。

「べつにないよ？」

　あたしが笑顔で言うと、ママの手があたしの頬に優しく触れた。

「しぃのこと、ちゃんと見ていなかったわ」

「ママ……？」

「しぃが無理してることに気づかなくて……ごめんね……」

「ママ、どうしちゃったの？」

「しぃに甘えてたわ。パパが事故で亡くなってからずっと……」

　ドクンッと心臓が大きな音を立てた。

「あの日から、ママは逃げてばかりだったわ。パパが死んだ現実をなかなか受け入れることができなかったのよ」

パパが死んだなんて、信じたくなかったから。

　だからママは、パパが死んでから一度も泣かなかったの？

「仕事を理由に毎日忙しく過ごしたわ。お酒を飲んでばかりで、家のことも穂香のことも、すべてしぃにまかせっぱなしで……」

「ママ……」

「最低な母親よね。自分でも嫌気が差すわ」

「そんなことないよ」

「自分のことだけで、悲しみに耐えるだけで精一杯だった」

　ママにこんな思いをさせた原因は、あたしなの。

「パパがいなくなるなんて考えたこともなかったのよ。事故も夢だったらって……何度も」

　ママの涙が頬をつたっていく。

　パパが死んでから、一度もママは泣かなかったのに。

「ごめんね、しぃ。ママだけが悲しいわけじゃないのにね……しぃだってすごく悲しいはずなのに……」

　あたしの前で、ママは初めて泣いた。

　もうこれ以上は限界だと思った。

「ママ……ごめんなさい。本当にごめんなさい……」

　何度あやまったって許されないのに。

「ごめんなさい……っ」

　それでも、ほかに言葉が出てこなくて。

「しぃ……？」

「穂香が保育園で嘘つき呼ばわりされたの。パパの絵を描

いたから」

「え……？」

「穂香がクリスマスプレゼントにほしいのは、パパだって」

　ママを見つめながら、涙を止められなかった。

「ママ……ごめんなさい」

　自分を守るために、罪を隠して生きようとした。

　その罪を償うために、いい子になろうとした。

　でも、苦しかった。

　自分に嘘をついているみたいで。

　ママや穂香にも本当のことを言えなくて。

　いつか本当のことを知られるのが怖くて。

　でも、もう限界だった。

「パパを殺したのは、あたしなの。ごめんなさい……本当にごめんなさい……っ」

「なんでそんなこと言うの？」

　あたしは初めて、ママに事故のことをくわしく話した。

「ずっと自分のせいだと思っていたの……？」

「あたしのせいで……パパは死んだ……」

「どうしてそんな、ひとりで苦しんで……しぃ、どうして……」

　ママは、あたしの体を強く抱きしめた。

「本当のことを知ったら、ママや穂香はあたしを許してくれないんじゃないかって怖かった……」

「バカね、しぃのせいじゃないのに」

「そんな言葉いらないよ……」

「しぃ」

「だって、ママは誰よりもパパのこと愛してたのに……。ママにこんな思いをさせたのは、あたしなんだよ？」

「パパが……あなたを助けてくれてよかった……」

　そんなこと言わないでよ……ママ……。

「こんな思いするくらいなら、あたしが死んでパパが助かればよかったのに……」

「しぃ、パパが聞いたら悲しむわ」

「だって……だって……」

「親はね、どんなことがあっても子供を守りたいと思うものなの。パパも同じことをしたのよ」

　ママはあたしの背中を優しくなでた。

「ママがしぃを生むときね、じつはママ……ちょっとあぶない状態だったの。そのときパパは、もしもの場合はママを助けてほしいとお医者さんに言っていたけど、ママはうなずかなかった」

「ママ……死ぬかもしれなかったの？　あたしの命と引き換えに？」

「パパは子供がいなくても、ふたりきりで生きていこうと言ってくれたけど、ママはしぃを絶対に産みたかった。自分の命をかけても」

　そんな話、いままで一度も聞いたことなかった。

「だから自分を責めないで。しぃはパパとママの宝物なの。自分が死ねばよかったなんて、二度と言わないで」

「悲しませてごめんなさい……っ」

「しぃを悲しませたのは、ママよ。もっと早く話を聞いて
あげるべきだった。しぃの苦しみに気づかなくてごめんね。
つらかったわね……穂香のことまで……」

「ママ……」

「ママもちゃんと前に進まなくちゃ。あなたたちの母親だ
ものね」

　ママはあたしの体を離すと、あたしの涙を親指でぬぐっ
てくれた。

「しぃと穂香は、パパとママが愛し合って生まれた、かけ
がえのない宝物だもの」

　この日、あたしは穂香の横で、ママと一緒に眠りについ
た。

　ねぇ……パパ。

　本当にごめんなさい。

　それから、あたしを助けてくれてありがとう。

　そう心から言えたのは、この日からだった。

　──月曜日の朝。

　教室に入ると、繭の姿がなかった。

　渉もまだ学校に来ていないみたい。

「亮太……繭、まだかな？」

　となりの席の亮太は、マンガを読みながら大あくびして
いる。

「あー、まだみたいだな」

　繭に話したいことがあるのに。

「しぃ、なんか良いことあったのか？」

「なんで？」

「なんとなく」

「今度ゆっくり話すね」

　　──キーンコーン、カーンコーン。

　HRのチャイムが鳴っても、繭と渉は教室に来ない。

　あたしはママと話せたことを、渉にも早く伝えたかった。

　教室を飛びだしたあたしは、屋上へ向かって階段を駆け
上がっていく。

　バンッと勢いよく屋上の扉を開けると、やっぱりそこに
いた。

　柵にもたれかかり、ケータイを見つめている渉。

「渉ーっ！　聞いて、聞いてーっ」

　あたしは渉のもとへ走っていく。

「しぃ、どした……」

　勢いあまって、渉の体に思いきりぶつかってしまった。

「おまえ、距離感考えろよ」

「ご、ごめん……」

　すぐに渉の体から離れようとすると、渉はあたしを抱き
しめる。

「いいよ、離れなくて」

「えっ……」

　あたしいま、絶対に顔真っ赤だ。

「は、離してよっ」

　渉はあたしの体を離すと、柔らかな笑顔をあたしに向け

る。
「そんなにはしゃいで、なんかうれしいことでもあったの
か？」
「うん」
　あたしは渉に、ママと話したことを伝えた。
「よかったな」
「渉のおかげだよ」
「俺はなにもしてねぇよ」
　あたしは渉の横顔を見つめる。
　好き。やっぱり好き。
　あたしはこの人が好き。
　いますぐにでも伝えたい。
　でも……。
　繭に先に気持ちを話さなきゃ。
　そうじゃなきゃ、渉に好きだなんて言えない。
　言えないよ……。
　そのとき、うしろから大きな声が聞こえた。
「朝日っ！　伊吹っ！」
　振り向くと、担任が屋上の扉の前に立っていた。
「おまえらぁ〜HRサボりやがって〜」
「ごめんなさーい。許してーっ」
　先生に追いかけられながら、渉とあたしは必死に屋上を
逃げまわった。

　そのあと、昼休みになると担任に呼びだされ、渉とあた

しは職員室でたっぷりお説教された。

「失礼しました……」

　ふたりで職員室をあとにする。

「渉？　どこ行くの？」

　渉は、教室とは反対のほうに歩きはじめた。

「昼飯食いそこなったから食いに行く。しぃも行くか？」

「アンタって、怒られても関係ないのね」

「腹、減ってねぇの？」

「減ってるけど、あたしは授業出るよ」

「そっか、じゃ」

　あたしをその場に残して、渉はさっさと歩いていく。

「渉は授業出なくても、成績いいからいいよね」

　渉の背中を見つめてつぶやくと、階段を上がってくる繭
とバッタリ会った。

「ま、繭……」

　繭は、どこか気まずそうに微笑む。

「繭が、午後から学校に来るなんてめずらしいね」

「昨日あんまり寝てなくて……午前中は家で寝てたの」

「具合でも悪いの？」

「ううん」

「そっか、よかった。あ、あのね、繭……話したいことが
あるの」

「繭も、しぃに話したいことある」

　あたしは結局、午後の授業もサボることになってしまっ
た。

繭とあたしは、屋上へやってきた。

　あたしと繭は、柵の前に並んで座った。

　もう覚悟はできている。

　渉を好きで、繭とも友達でいたい。

　そう正直に話そう。

「あのっ」

「あのね」

　ふたり同時に声を発してしまう。

「しぃから話していいよ」

　繭は、あたしをまっすぐに見つめた。

「ごめんね、繭」

「なにが？」

「あたしも……渉のことが好きなの」

　あたしの言葉に繭は黙りこんだ。

「渉が好き……」

　あたしは、黙りこんだままの繭の横顔を見つめる。

「でも繭と、友達でいたい」

　このまま友達でいたいの。

　少しの沈黙が流れたあと、繭は口を開いた。

「しぃ……勇人のことは、もういいの？」

「正直に言うと、わかんない……。でも、勇人はもう前に
進んでるから。あたしも前に進みたい」

「勇人への気持ちをまぎらわすために、伊吹を好きになろ
うとしてるんじゃないの？」

「渉のそばにいると落ち着くの。ひとりでいると、会いた

くなるし、声も聞きたくなる。最初は勇人のこともあって、自分の気持ちがよくわからなかった。でもいつの間にか……」

　いつのまにか渉を、好きになってた。

「繭……ごめんね」

　繭はあたしから目をそらした。

「そっか……しぃ、好きって気づいちゃったんだね」

「えっ？」

　繭の言葉の意味が、よく理解できなかった。

「繭……？」

「しぃが伊吹のことを好きになりはじめてること、わかってたよ」

「え……？」

「だから嘘ついたの。繭も伊吹が好きだって」

　繭は、なにを言ってるの……？

　頭が混乱していた。

　嘘ついたって、どうして？　一体、なんのために？

「しぃが伊吹のことを好きだってハッキリ自覚する前に、繭も伊吹が好きだって言えば……しぃならあきらめてくれると思ったから」

「なんでそんなこと？　繭も渉を好きなんじゃないの？」

「伊吹のこと、好きだと思ったことなんてない」

　あたし、すごく悩んだのに。

　どうしてそんな嘘ついたの？

「しぃなら、恋と友情どっち選ぶかなって……きっと、繭

を選んでくれると思った」

　繭のことが大切だから、ずっと悩んでたのに。

「ねぇ、繭？　なんのため？　あたしを友達と思ってないのは繭のほうじゃん。こんな嘘つくなんて……」

「ごめん、しぃ」

「理由を話して」

「嘘をついたのは、これだけじゃないの」

　え……？

「しぃのこと、大切な友達だって思ってる」

「だったら……」

「でも、繭にとっては、しぃも、亮太も……それに勇人も友達だから。しぃが伊吹に惹かれていくのを見て、勇人がかわいそうになった」

　繭は膝をかかえて、うつむく。

「なんで？　別れを言いだしたのは勇人のほうだよ？」

「うん、知ってる」

「好きな人ができたって言われて捨てられたのは、あたしなんだよ？　なんで勇人が……かわいそうなわけ？」

「それは、繭からは話せない……」

「なにそれ……」

「それに伊吹は、しぃが思ってるような人じゃない」

　中学のときから、繭は渉のことを知っていたと言う。

　会ったことはないけど、名前をよく耳にしていたらしい。

　繭が通っていた塾に渉と同じ中学の子がいて、その子から渉の悪い噂をよく聞いていたと、あたしに話した。

雨恋 >> 145

「しぃは、伊吹が本当はどんなヤツか知らないでしょ？
最低なんだから」
「過去なんか、どうでもいい。あたしは、自分の目で見た
ものだけを信じる」
　悪い噂なんて気にしない。
　だから繭が渉について知ってることも、くわしく聞こう
とはしなかった。
「しぃ……繭はしぃのことを思って言ってるんだよ。伊吹
はやめたほうがいい」
「なにも知らないのは、繭のほうだよ」
　渉があたしにしてくれたこと、知らないでしょ？
　もし渉にどんな過去があっても関係ない。
　あたしは、いまの渉が好きなんだから。
「ねぇ、繭。あたしを友達だって思ってくれているなら、
もうなにも隠さないで」
「しぃを思って嘘をついたの」
　繭はあたしをまっすぐに見つめる。
「繭が好きで嘘ついたと思う？　繭だってずっと苦しかっ
た。しぃに嘘をつくこと、苦しかったよ……っ」
　繭はいつだってあたしのことを考えてくれた。
　でも、嘘なんてついてほしくなかった。
「でも……しぃに嘘をつき続けるのは、もう限界」
　繭の瞳には、涙があふれる。
「勇人のことで……繭は、なにか知ってるのね？」
　繭はうなずいた。

「じゃあ、繭が知ってるってことは、亮太も知ってるよね？　ふたりでずっとあたしを騙してたんだ」

　ひどい……ひどいよ。

　ふたりは勇人と別れたあとも、どうしようもなかったあたしを見守ってくれた。

　本当はあたしを騙してたの……？

　ふたりのこと信じてたのに。

「勇人のなにを知ってるって言うの？　勇人には好きな人がいるんでしょ？」

「勇人は……しぃが好きだから、別れたの」

　胸の奥がズキンと痛んだ。

「な、なに言ってんの……？」

　好きだから別れた……？

　そんなおかしな話、聞いたことない。

　あたしがどれだけ勇人と別れてつらかったか、悲しんでたか、繭も亮太もそばで見てたじゃん。

　そんなあたしを見て、本当はどう思ってたの？

「あたしが好きだから別れた？　どんな理由で？」

「しぃの好きな人が伊吹じゃなかったら、ほかの人だったら、新しい恋を応援したよ。でも相手が伊吹なんて、勇人の気持ちを考えたらかわいそうで……」

「繭は、あたしにどうしてほしいの？」

「勇人に……会いに行ってほしい……」

　会いに行って、いまさらなにを聞くの？

「繭や亮太からは話せない。勇人と約束したから。だから

しいが会いに行って……？」

　別れたあの日から、一度も連絡はなくて。

　勇人に会うこともできなかった。

　あたしの気持ちを勇人に言うことさえ、できなかった。

　それなのにあたしが好きだから別れた……？

　そんなの信じられるわけない。

「勇人は……いまでも、しいを好きだと思う」

　そんなこと、いまさら言われたって。

「別れたとき、なんで言ってくれなかったの？」

「ずっと悩んでた。ごめん……」

　３人は知っていて、あたしの知らないなにかがある。

　繭が言うには、勇人はあたしが好きだから別れたって。

　でも勇人は、ほかに好きな人ができたって、あたしにそう言った。

　いまになって、繭は勇人に会いに行けという。

　みんな勝手すぎるよ。

「ごめんね、でも……しいには幸せになってほしい」

　繭のつらそうな表情を見て、怒る気持ちになれなかった。

「……会いに行けばいいの？」

「うん……」

「わかった」

　勇人に会おうと思ったのは、自分の気持ちにけじめをつけたいって、そう思ったから。

　渉への想いをたしかなものにするために……。

： ：　繭side　： ：

　放課後の教室に、亮太とふたりでいた。

　窓からグラウンドで練習しているサッカー部の様子を
ボーッと見つめている。

「中学の頃を思いだすな……」

　となりで亮太がつぶやいた。

「そうだね」

「勇人がサッカー部のキャプテンで、俺は副キャプテン。
繭としぃはマネージャーでさ」

「４人でいつも一緒にいたね」

「あの頃は毎日楽しかったよな……」

　中学時代を懐かしむ亮太の横顔は、どこか寂しげで。

「ごめん、亮太」

　勇人との約束をやぶってしまったことを、あやまった。

「顔上げろって」

　ゆっくりと顔を上げると、亮太は優しく微笑む。

「責めないの？」

「繭はあのとき、最後までしぃに嘘つくの反対してたじゃん」

「そうだけど、でも……」

　亮太は、横に首を振る。

「繭は悪くないよ。繭はいつも……しぃのこと考えてた」

「亮太……」

「しぃも、きっと繭の気持ちわかってくれるよ」

　なにが正しくて、なにがまちがってるのか。

　どんなに悩んで考えても、わからなかった。

雨恋 ≫ 149

「なぁ、繭。渉はしぃのこと、どう思ってんだ？」
「わかんない」
「繭から渉にハッキリ言ったんだろ？　しぃに近づくなって」
「言ったよ。伊吹の過去知ってて、黙って見ていられるわ
けないじゃん」
　深くため息をつく亮太。
「んで？　渉はなんて？」
「しぃを騙して、俺が得することはなにもないって」
「じゃあ、なんでしぃにかまうんだ？」
「繭も、亮太と同じこと聞いたけど……はぐらかされた」
「渉って、ホントなに考えてんのかわかんないよな」
　亮太は、首をかしげていた。
「たぶん、しぃは勇人に会いにいくと思う」
「あのとき勇人は、好きだから別れるって言った。勇人が
決めたことだから、俺もその選択が正しいんだって思った」
　亮太は、そっと目を閉じる。
「けど……好きだから離れるのか、好きだからどんなこと
があってもそばにいるのか。いまになって俺……正解がわ
からなくなった」
「……正解なんてない」
　誰にもわからない。
　なにが正しいかなんて、わからない。
　だから恋は苦しいんだ。
　誰も傷つかない恋なんて。
　みんなが幸せになれる恋なんて、どこにもない。

再会

∴ 椎香side ∴

君をひとりにして。

君の痛みに気づけなくて。

君の愛を信じることができなくて。

本当にごめんね──。

桐谷勇人。あたしの元カレ。

勇人とは、小学校から一緒だった。

少しクセのある黒髪に、大きな二重の目。

爽やかな背の高い男の子。

サッカー部のキャプテンで、生徒会長だった。

中学の頃の勇人は、女子からかなり人気があったし、男友達もたくさんいた。

勇人は実際の年齢よりも落ち着いた性格だった。

大人で、誠実で、優しかった。

たまにかける黒ぶちのメガネが、すごくかっこよくて大好きだった。

勇人はあたしのすべてだった。

勇人との永遠を信じていた。

だけどもう過去には戻れない。

繭は、勇人がまだあたしを好きだと言った。

別れたのはあたしのためだったと。

繭も亮太も別れた本当の理由を知っているみたいだった。

でもあたしは知らない。

勇人と付き合っていたのはあたしなのに、あたしはなにも知らないまま、好きな人ができたと言われて一方的に振られた。

勇人に会っても大丈夫だと、あたしには自信があった。

勇人は過去の恋で、あたしが好きなのは渉なんだって。

そう自信があった。

だから勇人に会って、ずっと心に引っかかっていたものを取りのぞきたいって思った。

あたしはバスに乗り、勇人が通う高校までやってきた。

正門の前で待っていても、なかなか勇人は現れない。

下校していく生徒はちらほらいる。

「あのっ」

目の前を通りすぎた金髪ショートの女子生徒に、あたしは話しかけた。

「なに？」

振り向いた彼女は、お人形のような可愛らしい顔をしている。

「あの、この高校の桐谷勇人って知りませんか？」

彼女は、あたしの上から下までをジロジロと見る。

「アンタ、誰？」

可愛らしい顔立ちとはちがい、性格はきつめのようだ。

「勇人と、どんな関係なわけ？」

「えっ？　勇人のこと知ってるんですか？」
「だったら？」
　イヤな感じ。聞く人まちがえたかも。
「あの……勇人ってもう帰りました？」
「こっちが質問してるんだけど？　勇人とどんな関係？」
「どんな関係って……」
　元カノっていうのも、なんだか気が進まない。
「勇人とは同じ中学で……」
「あぁ、ただの知り合いね？　勇人かっこいいから、他校
からヘンな女が押しかけてきたのかと思って」
　ヘンな女って……。
　一応、勇人の元カノなんですけど。
「それで、勇人は？」
　彼女は、グッとあたしに顔を近づけてにらんでくる。
「そんなの、アンタに言う必要あるの？　なにか用がある
なら、私が聞くけど」
　なんなの、この子……！
　さっきからずっとえらそうな態度だし。
「あたしは、勇人に用があるんで」
「私は勇人の彼女だから。私を通してからにしてくれる？」
　この子が、勇人の彼女……？

　あたしは、勇人に会わないまま帰ることにした。
　帰りのバスの中、あの子の顔が頭から離れない。
　あの子が勇人の彼女……。

雨恋 >> 153

　バスの後部座席に座り、窓から流れる景色を眺めていた。
　あんなキツい性格の子が勇人の彼女？
　たしかに顔はかわいいけど、性格は苦手なタイプだった。
　繭の嘘つき。
　勇人があたしをまだ好きだなんて……。
　ちゃんと彼女いたよ。
　やっぱり勇人とは、このまま会わないほうがいいのかも
しれない。
　どんな理由があっても、もう終わってしまったこと。
　ちゃんと彼女もいたんだから……。
　バスを降りると、冷たい北風が吹きぬける。
「穂香を迎えにいかなきゃ」
　あたしはマフラーに顔をうずめ、急いで保育園へと向
かった。

　保育園の先生の言葉に、一瞬、頭がまっ白になった。
「穂香ちゃんなら、もう帰りましたよ？」
「帰ったって……」
「椎香ちゃんに頼まれたって言ってて、穂香ちゃんも知っ
ているようだったし、椎香ちゃんと同じクラスだって、生
徒手帳も見せられて……」
　保育園に迎えにいくと穂香の姿はなく、あたしの代わり
に誰か迎えにきた人がいたらしい。
「大変、お母さんに連絡しなくちゃ」
「先生、大丈夫です。だいたい想像ついているので」

「本当に？」

「すいません、お騒がせしました」

　あたしは保育園をあとにし、ケータイから繭に電話をかけた。

　すると、繭は亮太と一緒にいて、ふたりとも保育園には行っていないという。

　ということは、残るはひとり。

「もしもし？」

『しぃ？』

「人の妹、誘拐しないでくれる？」

『ハハッ、誘拐犯かよ俺』

「あたりまえでしょ？　勝手なことして。いま、どこにいるのよ？」

『となり町のショッピングモール』

「はぁ!?」

　思わず大きな声で叫んでしまった。

　電車に乗って、あたしはとなり町のショッピングモールまで行くと、おしゃれなカフェに穂香と彼はいた。

「おねぇちゃん！」

　あたしの姿を見つけた穂香が、笑顔で手を振っている。

「しぃ！」

　彼の満面の笑みを見て、あたしは大きなため息をつく。

「なんでこんなことしたのよ？」

　保育園から穂香を連れ去ったのは、渉だった。

雨恋 >> 155

「穂香と遊びたくてさ。しぃと一緒に帰ろうとしたら、お
まえバスに乗ってどっかに行っちゃったから……だから俺
が迎えに」
「だからって、人の妹を勝手に誘拐しないでよっ」
　あたしは思いきり渉の背中をたたいた。
「イテッ！　悪かったよ」
　あたしは穂香のほうを向いて、わざと怖い顔をする。
「穂香も！　知らない人についていったらダメだって、い
つも言ってるでしょ!?　お姉ちゃんとの約束忘れたの？」
「わたる、しらないひとじゃないよぉ？」
「えっ？　あぁ、まぁそうだけど。保育園に迎えにいくのは、
お姉ちゃんかママなんだからね！　わかった？」
「はぁい。ごめんなしゃい」
　穂香は落ち込んだ様子で、クリームソーダをストローで
飲む。
「穂香は悪くないんだから、そんな怒るなよ。俺が悪いん
だから」
「そぉよ！　渉が悪いのっ」
「わかった、はいはい。もう怒んな。行くぞ」
　渉は、穂香を軽々と抱き上げて、あたしの腕を引っぱっ
てカフェを出ていく。
「ど、どこ行くのよっ」
「まぁ、ついてこいって」
　怒っていたはずなのに、渉の笑顔につられて気持ちがゆ
るんでしまう。

ショッピングモールの広場には、大きなクリスマスツリーがライトアップされていた。

「わぁ……」

　言葉を失うほど、きれいだった。

　穂香は大きなクリスマスツリーのそばで、うれしそうに走りまわっている。

　あたしと渉は、そばにあったベンチに座って穂香を見守っていた。

「穂香、うれしそう」

「よかった。誘拐犯になるとこだったしな」

　あたしは、渉が持っていた紙袋を上からのぞきこむ。

「これ穂香に？　甘やかさないでよ」

「子供のお菓子やオモチャだぜ？　安いんだからいいじゃねーか」

　だからって、こんなにたくさん買うなんて。

「穂香、喜んでたでしょ？」

「穂香のパパにはなれねぇけど、サンタぐらいにはなろうかなと思ってさ」

「渉……」

「俺、クサすぎた？」

　イタズラっぽく笑う渉に、胸がぎゅっと締めつけられる。

「それで、ここに……？」

　泣きそうになった。

「俺、子供は好きだから」

「渉も子供じゃん」

雨恋 ≫ 157

「小さい子供は、純粋だから好き」

　そう言って渉は、無邪気にはしゃぐ穂香を見て微笑む。

「渉は、いい父親になるね」

「それはわかんねぇけどな。でも家族は早く欲しいなって思う」

　ニコッと笑った渉は、穂香に呼ばれて穂香のほうへ走っていった。

　そういえば渉の家族の話って、聞いたことなかった。

　家もひとり暮らしだって言ってたし、もしかして家族いないとか？

　聞いても、はぐらかされてしまう気がする。

　前もそうだったし……。

　渉は穂香を抱き上げて、ぐるぐるとまわっている。

　穂香の楽しそうな笑い声に、幸せな気持ちになった。

　ありがとう……渉。

　やっぱり渉は、優しい人だよ。

　気持ちがあふれて、泣きそうになる。

　でも、あたしの気持ちを知ったらきっと、渉は離れてしまう気がする。

　下を向いて下唇をきゅっと噛みしめた。

「しぃも近くでツリー見ようぜ？」

　頭の上から聞こえた、渉の声。

　あたしは顔を上げて、渉を見つめた。

「しぃ、なに泣いてんだよ」

　この想いを口にしたら、そばにはいられなくなる。

でも……もう抑えられなかった。

「好き」

　言葉にした瞬間、涙が頰をつたって落ちていく。

「……俺も好きだよ」

　渉は、あっさりと答えた。

　いままでわかんないとか、どうでも良かったら適当に言えるとか、さんざん言ってたくせに。

「渉の"好き"は、あたしの"好き"とちがうよ」

「ちがう？」

「渉はあたしを友達として"好き"なんでしょ？」

　優しくする理由も、ほっとけない理由も、あたしを友達として好きだってこと。

　ハッキリ自覚しちゃったんだね、渉は。

「しぃは、ちがうの？」

「あたしは……渉のこと友達としてじゃなくて、男として好きになったかも……」

　そんな、あからさまに困った顔しないでよ。

　わかっていたけど、やっぱりつらい。

　全く期待していなかったと言ったら嘘になる。

「俺は……」

「なにも言わなくていいよ。あたしもいまはまだ、中途半端だから」

「え？」

「あたしね……今日、勇人の高校に行ってきたの。会えなかったけど」

「元カレに会いに行ったのか」

「うん」

　あたしは、繭から聞かされた話を渉にした。

　今日出逢った、勇人の彼女と名乗る女の子のことも。

「そっか、じゃあ別れたのには、なんか理由があったんだな？」

「それを知って、また付き合いたいとかじゃなくて、いまさらなんだけど、勇人への気持ちにけじめをつけれるんじゃないかと思って」

「いいんじゃねーの？」

「ちゃんとけじめをつけてから、渉に告白するつもりだったのに……」

　しかも渉にありのままを話すなんて、バカだよね。

「渉が、あたしを女として見てないってこともわかってる。だから勇人のことも、ちゃんと気持ち整理できたら、渉を振り向かせられるようにがんばるからっ」

　あたしの気持ちを知って。

　あたしのそばからいなくならないで。

「だから、まだ返事いらないっ」

　お願い。あたしから離れないで。

「いまは、あたしが勝手に渉を好きでいるだけだから」

　好きでいることを許して。

　このまま、そばにいさせて。

　駅の改札を出たところで、渉とはバイバイをした。

家までの道を、穂香と手を繋いで歩いていく。

　渉は、最後までなにも言わなかった。

　いくら勝手に好きでいるって言っても、あたしの気持ち
を知ったらいままで通りにはできないよね。

「はぁ……あたしのバカ」

　クリスマスツリーのせいだ。

　あのロマンチックな雰囲気についやられてしまった。

「おねぇちゃん、どぉしたの？」

「ん？　なんでもない。穂香、よかったね。こんなに渉に買っ
てもらって」

　あたしは紙袋を見せて、穂香に微笑んだ。

「うんっ！　おてがみも、もらったぁ」

「お手紙？」

「ほのかが、わたるにこのまえ、おてがみかいたでしょ？
そのおへんじだってぇ」

「お姉ちゃんにも見せて？」

　穂香はポケットから白い紙を出して、あたしに渡した。

「わたるがよんでくれたけど、よくわかんなかったぁ」

　あたしは穂香の頭を優しくなでる。

　渉の手紙には、こんなことが書いてあった。

"穂香へ。

　このまえは、手紙くれてありがとう。

　穂香、パパはいるよ。

　パパがいなかったら、穂香は生まれてないからな。

でも遠いところにいて、穂香は逢えないんだ。

　でもパパは穂香をいつも遠い場所から見てるよ。

　穂香がいい子にしてるかなって、元気かなって見てくれ
てるよ。

　だから保育園の友達になにを言われても、気にしちゃダ
メだからな。

　お姉ちゃんとママのこと、大切にするんだぞ"

　渉の手紙を穂香に返した。

「穂香には……まだちょっと難しいかな」

　あたしは穂香の手を繋いで歩きだす。

「でも……いいこと言うね、アイツ……」

　渉には、いつももらってばかりだね。

　あたしも渉のために、なにかしてあげたい。

　あたしは、渉のためになにができる……？

　それからのあたしは、放課後になると勇人の高校に向
かった。

　保育園にいる穂香のお迎えは、渉に頼んである。

　校門の前で待っていても、勇人はなかなか現れない。

「アンタ、また来たの？」

　この嫌味ったらしい声。

　勇人の彼女と名乗る、金髪の女の子。

「勇人、もう帰りました？」

「アンタ、勇人のストーカー？　私が彼女なんだから、あ

きらめてくれる？」

「ちがくて……あたしは勇人に話があって……」

　彼女、背は小さいのに本当に気が強い。

「だから話ってなんなのよっ」

「それは……あなたには関係ないから」

「勇人は、私の彼氏だって言ってんでしょ！　関係ないってなによっ」

　彼女に腕を力強くつかまれた、そのとき。

「千鶴？　なにやって……」

　うしろから声がした。

　まちがえるわけない、この声を。

「……勇人？」

　振り返ると同時に、あたしは言葉を失った。

　あまりにも変わっていた、彼の姿――。

「……勇……人……」

「しぃ……」

「勇人……どうして……」

　勇人は、サッカーの強豪校であるこの高校を選んだ。

　あたしと別々の高校へ進んで、夢を叶えようとした。

　高校サッカーの決勝、国立を目指して。

　将来、サッカー選手になることを夢見て。

　勇人は……いま、あたしの目の前にいる勇人は、車イスに座っている。

「一体、なにがあったの……？」

　あたしは驚きのあまり、その場に立ちつくしていた。

雨恋 >> 163

「アンタ、なんなのっ？　私、勇人と一緒に帰るんだから、
どいてくれない？」
　この金髪の彼女は、千鶴という名前らしい。
　千鶴ちゃんは、あたしの肩を押した。
　自分でも驚くほどに体がよろけた。
　力が入らない。
　立っているのが、やっとだった。
「千鶴、やめろ」
「勇人ぉ！　なんなの、この子」
　千鶴ちゃんは、勇人のそばに駆け寄る。
「ごめん、千鶴。先に帰って」
「勇人、だって今日は……」
「千鶴、悪い……ふたりにしてくれ」
　勇人の言葉にしかたなくという感じで、千鶴ちゃんはあ
たしをにらみつけて帰っていった。
　校門の前で、勇人とあたしはふたりきりになった。
　あたしは、自分の胸のあたりをぎゅっとつかむ。
「なにしにきた？」
　勇人の冷たい声。
　雰囲気までもが、あたしの知っている勇人とはまるで別
人だった。
「勇人……どうして車イスに？　なにがあったの？」
　声が震える。
「……だから会いたくなかった」
　勇人はうつむき、小さな声でつぶやいた。

「勇人……」

「久しぶりだし、途中まで一緒に帰ろうか」

　そう言うと、勇人は車イスの向きを変えて、あたしに背を向けた。

　勇人は、ゆっくりと車イスの車輪を手で押して進んでいく。

　あたしは勇人の背後に駆け寄り、車イスを押そうとした。

「大丈夫だから」

　勇人は前を向いたまま言った。

"俺に触れるな"

　勇人の雰囲気やうしろ姿が、そう言っている気がした。

　あたしは、車イスをゆっくりと進める勇人の、斜めうしろを歩いていく。

　涙をこらえながら、勇人の背中を見つめていた。

　言葉が出てこない。

　なんの会話もないままバス停に着くと、向こうからすぐにバスがやってきた。

　運転手さんは勇人と親しげに会話をしながらバスを降り、勇人が車イスごと乗りこむのを見届けてから運転席に戻った。

　この慣れたやり取りを見て、勇人が車イスの生活になったのは最近のことではないと感じた。

　あたしもバスに乗り、勇人のそばに立った。

　バスの中でも会話はなく、あたしはただ車イスに座る勇人の横顔を見つめていた。

「着いたぞ?」

「えっ?　あ……うん」

　そうしているうちに、いつのまにかあたしたちの最寄り
のバス停に着いていた。

「また明日な、勇人」

　笑顔で右手を軽く上げたバスの運転手さんに、勇人は笑
顔で手を振る。

　バスが走り去ったあと、勇人は口を開いた。

「しぃ……俺、バス停のそばに引っ越したんだ。だから、
ここで」

　引っ越しまでしていたんだ。

「それでいままで会わなかったんだね。前の家は、繭の家
近かったもんね」

　このバス停から、あたしの家までは歩いて30分はかかる。

　勇人の高校に行くことがなければ、このバス停にも来る
用事はなかっただろう。

「見ただろ?　俺はいま、こうやって人の助けを借りなきゃ
生きていけない」

「なにがあったの?」

　勇人はあたしから視線をそらした。

「事情を知ってどうすんだ?」

「どうしてそんなこと言うの?」

「しぃには関係ないだろ」

「ねぇ、勇人……いつまで車イスの生活なの?」

「あきらめないでリハビリを続ければ、いつかは自分で歩

けるようになるかもしれない」

　勇人は、あたしの目を見ずに答えた。

　淡々と冷静に話している勇人だけれど、平気なはずがない。

　いつかは自分で歩けるようになるかもしれない？

　いつかって……？

　勇人は夢を叶えるために、あたしと別々の道を選んだ。

　勇人はいつもがんばっていた。

　たくさん努力をしていた。

"いつか"じゃダメなのに。

　勇人には"いま"が大切なのに。

「部活でケガしたの？」

「話す必要ないだろ？」

「勇人っ」

　あたしは勇人の前に座りこむ。

　勇人は黙りこんで、目も合わせてくれない。

「なにがあったの？」

　勇人はため息をつく。

「なにがあったか話してくれるまで帰らないから」

　このまま帰れるわけない。

　心配でどうしようもないよ。

「……高校のクラスメートが、不良グループたちに暴力振るわれてるところを庇ったんだ」

「庇ったって……たったひとりで？　なんでそんな無茶したの？」

「助けなんか……呼びに行ってる時間なんてなかった」

「そのときのケガで……？」

「あいつら、鉄パイプで何度も俺の足を……。ごめん、もうあのときのことは思いだしたくない……」

　勇人は右手で額を押さえた。

　勇人が、こんな目に遭っていたなんて。

　あたし……全然知らなかった。

「いつの話なの？」

　どうしよう……。

　悔しくて、悲しくて、怒りがこみあげてくる。

　誰よりもいちばん勇人が悔しかったよね……。

「思いだしたくないって言ってるだろ？」

「もしかしてあたしと別れたのは、車イスの生活になったからなの……？」

「ちがう。勘ちがいするな。俺はもう、しぃのことは好きじゃない」

「じゃあ、ちゃんとあたしの目を見て言ってよ」

　こらえていた涙が、頬をつたっていく。

「俺たちはもう……終わったんだ」

　目を見てって言ってるのに……。

「もう帰ろう……」

　勇人は向きを変えて、車イスを前に進める。

　このまま帰るなんてできない。

　あたしは勇人をうしろから抱きしめると、勇人は車イスを止めた。

「……離せよ」

「やだ」

　勇人……ごめんね。

　勇人はあたしを何度も助けてくれたのに。

　いつだって、そばにいてくれたのに。

　あたしは勇人に別れを告げられたとき、勇人の嘘を見抜けなかった。

　ただ捨てられたって、自分だけがかわいそうだって、勇人を恨んだりもした。

　あたしには、本当のこと話してほしかった。

「勇人、ごめんね……」

「しぃがあやまることなんか、なにもない。もう手を離してくれよ、頼むから……」

「勇人、あたしになにかできること……」

「しぃにだけは、同情されたくないんだよっ！」

　あたしは勇人の体を離した。

　勇人が怒るのは当然だった。

　無力なあたしに、できることなんてなにもない。

　ケガを治すことができるわけでも、夢を叶えてあげられるわけでもない。

　あたしは傷つけるようなことを言ってしまった。

「ごめんなさい……ごめ……っ」

「泣かないでくれよ。こんなふうにしぃを傷つけたくなかったんだ。だから俺は……」

　ちがう……。

雨恋 >> 169

　あたしよりも勇人のほうが、ずっとずっと苦しんでいた
んだって思ったら、胸が張り裂けそうだった。
　泣きたいのは勇人なのに、あたしが泣いてごめんね。
「俺たち……もう終わったんだよ」
「勇人……」
「一緒に過ごした思い出まで汚したくないんだ」
　なにも言えなかった。
　あたしはただ、帰っていく勇人のうしろ姿を見つめてい
た。
　ねぇ……勇人。
　あたしはもう、勇人の心配をしたらダメなの？
　いくら別れたからって、勇人はあたしの大切な人だって
ことは変わらないのに……。
　勇人の姿が見えなくなった瞬間、あたしはその場に泣き
崩れた。
　涙が止まらなかった。
　なんでこんなことになっちゃったんだろう。
　そのとき、目の前にピンク色のハンカチを差しだされた。
　誰かと思って顔を上げると、千鶴ちゃんだった。
「なんでここに……？」
　あたしが弱々しい声で聞くと、千鶴ちゃんはあたしを
まっすぐに見つめる。
「お願いだから、勇人にはもう会わないで」
　あれだけ強気で上から目線だった千鶴ちゃんの目に、涙
が浮かんでいた。

「アンタが勇人の元カノだったなんて……」

　勇人からあたしの話を聞いていたの？

「千鶴ちゃんは勇人の彼女なんでしょ？　さっきはごめんね」

　彼女は、首を横に振った。

「彼女なんかじゃない」

「え？　でも彼女だってこの前……」

　彼女はあたしから目をそらした。

「勇人が好き。この気持ちは絶対に誰にも負けないっ」

　あたしは彼女が渡してくれたハンカチで、彼女の涙をそっとぬぐった。

「いまさら……なんで現れたのよぉ」

　彼女は、あたしの肩をぎゅっとつかんだ。

「入学式の日に勇人にひと目惚れした。私以外にも、そういう女の子はたくさんいたはず。勇人はすごく目立つ人だったから」

　千鶴ちゃんから聞かされる、あたしの知らない勇人の話。

　高校に入学した頃はまだ勇人と付き合っていたけど、女の子の話を勇人から聞いたことはなかった。

　あたしを心配させないように、あたしの前では気を遣ってくれていたのかもしれない。

「でも勇人には、中学の頃から付き合ってる彼女がいた。大切な彼女だって、まわりによく自慢してた。女子とも必要なこと以外は話してなかった」

　あたしを大切に想っていてくれたんだと、あの頃が懐か

雨恋 >> 171

しくなる。

「あの事件があって、勇人が車イス生活になって、サッカー部も辞めた。それから勇人は笑わなくなった」

　涙が止まらなかった。

「なに泣いてんのよっ！　アンタは……勇人を捨てたくせにっ」

　捨てた……？

「あたしは捨ててないっ」

　知らなかったの。

　勇人……ごめんね。

　気づいてあげられなくて、ごめん。

「あたしは、勇人を捨ててなんかない」

「そばにいなかったじゃないっ」

　千鶴ちゃんは、あたしから手を離した。

「やっとなの。最近になって勇人が少しだけ笑うようになった」

「千鶴ちゃん……」

「私のお父さんは勇人の主治医だから。私はずっと、勇人のそばにいた。なのにいまさらなんで現れたのよっ」

　本当、いまさらだよね。

　もっと早く、勇人に会おうとすればよかった。

「これ以上、勇人を苦しめないで。消えてよ……お願い」

　千鶴ちゃんは、あたしに頭を下げる。

「お願い。一生のお願いだから……」

　彼女は本当に勇人のことが好きなんだ。

あたしは……？

　あたしはいま、渉を好きで。

　勇人への気持ちにけじめをつけるつもりだった。

　繭に言われなきゃ、こうして会いにも来なかった。

　そんなあたしが、なにか言う資格なんてない。

　でも、つらかった。

　つらくて、苦しくてどうしようもなかった。

　勇人は、あたしを何度も助けてくれた。

　勇人はあたしのすべてだった人。

　初めて恋をした人で、初めての気持ちをたくさん教えて
くれた人。

　すごく、すごく大好きだった。

　勇人は、あたしのために別れを選んだの？

　どうしてあのとき、言ってくれなかったの？

　あたし……逃げたりしなかったよ。

　絶対に別れたりしなかったのに。

『一緒に過ごした思い出まで汚したくないんだ』

『これ以上、勇人を苦しめないで』

　勇人と千鶴ちゃんの言葉が、頭の中で繰り返される。

　家までの帰り道、あたりはすっかり暗くなっていた。

　足が重たい。

　繭と亮太は、勇人の意思を尊重したんだね。

　だから、あたしに黙ってた。

　勇人にとってあたしは、一体なんだったんだろう。

あのとき、すべて話してほしかった。

家の玄関を開けると、笑い声が聞こえてくる。

保育園のお迎えを渉に頼んでいたのを、すっかり忘れていた。

穂香と渉の笑い声。

ママも仕事から帰ってきているみたい。

「ただいま」

リビングに行くと、穂香を高く抱き上げて遊ぶ渉がいた。

「しぃ、おかえり」

「おねぇちゃん、おかえりっ」

渉と穂香の笑顔に、あたしは無理して笑顔を作った。

「ママが今日は遅くなるって言ってたから、だからあたし、穂香のお迎えを渉に頼んじゃったの」

キッチンでカレーを作っていたママに、あたしは横から話しかける。

「さっき帰ってきたところよ。穂香、渉くんにすごく懐いているわね」

「うん。あたし、部屋で着替えてくるね」

あたしは自分の部屋がある2階へと向かった。

ママは事故のことを話したあの日から、残業を減らして家事をするようになった。

ママの負担にならないように、あたしもいままで通り家事を手伝っている。

あたしはもともと料理は好きだし、穂香の保育園も高校の帰り道だからべつに苦じゃない。

でも、ママと過ごす時間が増えてうれしかった。

　ママの作ったカレーを４人で食べた。
　やっぱりあたしが作るよりも、おいしい。
　料理は好きだけど、ママの味には勝てない。
「おばさん、ごちそうさまでした」
　カレーを食べ終えた渉は立ちあがった。
「渉くん、今日はありがとうね。またいらっしゃい」
　渉とママは、前よりも距離が縮んだように見える。
「はい。穂香、またな」
「わたるぅ」
　渉が帰るのが寂しいのか、穂香は泣きそうな顔になる。
「穂香、泣かないの。ママ、渉のこと送ってくるね」
　先に玄関に向かった渉のあとを、急いで追いかけた。
「渉っ。そこまで行くっ」
「見送りなんていいのに」
　渉とあたしは、玄関を出た。
「ここでいいよ。中に入れ」
「うん」
　あたしは立ち止まったまま、うつむく。
「しぃ？」
　渉……。あたし、どうしたらいい？
「元カレと会えたのか？　帰り遅かったから」
「うん……」
　渉の顔を見ずに、あたしはうなずく。

「そっか……よかったじゃん」

「勇人は、あたしを捨てたんじゃなかった……」

「え？」

「勇人はあたしのために……あたしのために……っ」

　あたしのことを思って、別れたみたいなの。

「しぃがこの前、俺に言ったことは……聞かなかったことにするよ」

「え……？」

　あたしの告白は、聞かなかったことにするってこと？

「渉……っ」

　あたしね、このまま勇人を見て見ぬフリをすることはできないって思ったの。

「忘れられない人……なんだろ？」

　あたしは涙をこらえてうなずく。

「……よかったな、しぃ」

　そう言って渉は、あたしをその場に残して歩いていく。

「渉っ……あたし」

　少し先で立ち止まった渉は、あたしのほうに振り向いた。

「しぃの幸せは、しぃが決めんだよ」

　そう言って去っていく渉の背中を見つめていた。

「ありがとう……渉……」

　小さな声でつぶやいた。

　これでいいんだって、そう言い聞かせていた。

　あたしは、勇人を無視して幸せになんてなれない。

　勇人と過ごした時間があるから、いまのあたしがいる。

渉への想いは静かに消そうと、そう決めた。

「ごめんね、勝手で……」

　でも、渉への想いは嘘なんかじゃなかったよ。

　渉のことが好きだったよ。

　次の日の放課後。

　あたしはバス停のベンチに座り、勇人の帰りを待つことにした。

　バスから降りてくる勇人は、あたしに気づいても目をそらして、車イスを押して行ってしまう。

「勇人っ！　待って……」

　振り返りもせずに、勇人は帰っていってしまった。

　だけど、あたしはあきらめなかった。

　次の日も、次の日も。

　放課後はバス停のベンチで勇人を待っていた。

　勇人はあたしを無視し続けた。

　それは何日も続いた。

　その間、渉とは学校で会っても、すれちがったら挨拶をする程度で、前のようにふざけ合ったり、授業をサボって話をするようなこともなくなった。

　渉が教室にいなくても、あたしが渉をさがしに屋上へ行くこともなかった。

　渉との距離はどんどん離れていった。

　自分が決めたことだと、そう言いきかせていた。

　勇人を待ち続ける日々。

たまに千鶴ちゃんと一緒にバスから降りてくることも
あった。

「勇人っ」

　そんな日は、千鶴ちゃんに思いきりにらみつけられた。

　それでも、あたしはめげなかった。

　どんなに無視されても。

　放課後には、バス停で勇人を待ち続けた。

　晴れの日も、雨の日も、雪の日も。

　勇人が話してくれるのを、いつまでも待ち続けた。

　その日も、いつものように勇人を乗せたバスがやってく
る。

　いつものように勇人と目が合った。

　でも、勇人は今日も無視して行ってしまう。

「勇人……っ」

　けれど今日は、いつもとちがった。

　あたしの叫んだ声に、勇人は車イスを押す手を止めた。

「毎日なんなんだよ」

　やっと、話してくれた。

「勇人と話したくて待ってたの」

　勇人のそばに駆け寄ると、勇人はあたしを見つめる。

「俺は大丈夫だから」

「なんであのとき、本当のこと言ってくれなかったの？
あたし逃げたりしなかったよ？」

　勇人は車イスを押して進んでいく。

あたしは勇人のあとを追いかけた。

「しぃのために別れたなんて、きれいごとだよな？」

「ちがう、そんなつもりじゃ」

「サッカーもあきらめて、なにもやる気なくなって。しぃのことも負担に感じた。すべてがイヤになった。俺は逃げだしたんだよ」

　あたしは勇人の前にまわりこむ。

　勇人は車イスを止めた。

「勇人」

　あたしは、勇人の両手をそっとにぎった。

「冷たい手だね」

「でも全部が嘘だったわけじゃない。こんなんじゃ、しぃになにもしてやれないって思った。約束さえ守れない」

　国立に行くのも、サッカー選手になるのも……あたしと約束した勇人の夢だった。

「車イス生活になって……友達にも親にも学校にも迷惑はかけるけど、俺は転校せずにいままでと同じ生活をしたかったんだ。みんなに甘えてばかりの俺に……しぃのためになにができる？　なにもできっこない」

「……あたしって、勇人にとってどんな存在だったの？」

「え？」

　あたしは勇人をまっすぐに見つめる。

「勇人がいなかったら、あたしは生きてなかったんだよ？」

　勇人が助けてくれたから、あたしは生きてる。

　あたしはいつも勇人に甘えていたから、勇人はあたしに

与えるばかりだったよね。

「勇人……あたし、勇人のそばにいたい……」

　あの頃の勇人が、あたしのそばにいてくれたように。

「こうなるのが怖くて……会いたくなかった」

　勇人はつらそうな表情を見せる。

「苦労するよ？」

「うん」

「もしかしたら、一生この生活かもしれない」

　希望を捨てないで、どんなときでも。

　簡単にあきらめるなんて、勇人らしくない。

　そばにいる。

　あたしが勇人の笑顔を、取り戻してあげる。

「しぃのために、なにもできないよ」

「いいよ」

「俺のそばにいたら、しぃは幸せになれない」

「あたしの幸せは、あたしが決める」

　あの日、渉がそう言ってくれた。

　自分の幸せは、人が決めるものじゃないって。

　自分で決めるんだって。

「それに……勇人。完璧な人なんていないよ。あたし、ダ
メなところいっぱいあるし」

　未練があったのかどうなのか、自分の気持ちはわからな
くても。

　その中に、たしかな気持ちはあったの。

　ただ……勇人のそばにいたいって。

そばにいなきゃいけないって思った。

　勇人が苦しんでいるのに、無視なんてできない。

　その気持ちに嘘はなかった。

「付き合ってたときも、ずっと勇人に寄りかかってばっかりだったよね。優しさに甘えてた。ごめんね」

「そんなことないよ」

　勇人はいつもあたしを守ってばかりいた。

　今度は、あたしが勇人を守るよ。

「勇人、なにもできないって言った？」

「そうだよ」

「あたしたち話せるし、一緒に笑うこともできる。一緒に泣くこともできるよ？」

「そんなの……」

　手を伸ばしたあたしは、勇人の頬にそっと触れた。

「勇人……」

　あたしは、勇人にキスをした。

「……っ」

　ゆっくりと唇を離す。

「キスもできるよ？」

「しぃ……」

「勇人……」

　またはじめよう、ここから。

　一緒にいようよ。

　あたしがそばにいるから。

切ない想い

∴ 椎香side ∴

それからすぐに、勇人とのことを繭と亮太にも話した。

ふたりはすごく喜んでくれた。

それと同時に、勇人のケガをあたしにずっと黙っていたことを、心からあやまってくれた。

「繭、亮太。いままで、たくさん心配かけてごめんね」

「俺らこそ、ごめんな。勇人のケガのこと、繭はずっと、しぃに黙ってること反対してたから。繭のことは許してやって？　俺が言うなって止めてたんだ」

「わかってるよ、亮太」

繭はあたしを抱きしめる。

だけど繭の体はかすかに震えていて。

あたしのために泣いてくれてるんだと思った。

「しぃ……っ」

「繭」

あたしはこのとき、優しさは人の数だけあるのだと知った。

いろんな形の想い、いろんな形の優しさ。

正解はひとつじゃない。

「ごめんね、しぃ」

「あたしもごめんね」

友達でも、傷ついたり、傷つけてしまうこともある。

お互いを大事に思っているからこそ、ときにはぶつかることもある。

　でも、友達だから、ちゃんと話せば許し合える。

　苦しいことを乗り越えて、あたしたちの絆はまた深くなる。

　冬休みに入り、繭と亮太、勇人とあたしの４人で遊ぶようになった。

　中学時代はいつもこの４人で過ごしていたから、あの頃に戻ったような気持ちになった。

　クリスマスも、４人で集まり勇人の家でパーティをした。

　ケーキやピザを食べて、ゲームやプレゼント交換をして楽しんだ。

　冬休みに入ってから、ずっと穏やかな時間を過ごしていた。

「送ってくれてありがとっ」

　この日は、勇人の家で一緒に過ごし、夕飯の時間になる前に勇人はあたしを家まで送ってくれた。

「勇人、家寄ってかない？　今日はママも仕事休みで家にいるの。久しぶりにママと穂香にも会ってほしいな」

　あたしが笑顔で言うと、勇人の顔は冴えない顔であたしを見る。

「もう遅いし、また今度にする」

「またそれぇ？」

「まだ覚悟が……」

雨恋 ≫ 183

　勇人の気持ちもわかるけど、会ってほしかった。
「またにするよ」
　そう言って勇人は、車輪を手で押しながら帰っていった。
「勇人っ！　気をつけてねっ」
　うちから車イスで帰るのは、遠くて疲れるだろうな。
　だけど、いつも家の前まで送ってくれる。
　うしろ姿が見えなくなるまで手を振り続けるあたしに、
勇人も何度か振り向いて手を振ってくれた。
　道を曲がった勇人の姿は見えなくなり、あたしは明かり
のついた家に入ろうとする。
　すると、夜空からは粉雪が舞い降りてきた。
「雪……」
　あたしは、あの日を思いだす。
　歩道橋の上にいたあたしを渉が見つけてくれた初雪の
夜。
　胸の奥が切なさで締めつけられる。
　手のひらに舞い降りてきた白い雪は、一瞬で消えた。
　今日で冬休みは終わり、明日からは学校がはじまる。
　久しぶりに会うクラスメート。
　そして渉の顔を見るのも、どれくらいぶりだろう。

「伊吹ーっ！　伊吹は今日も欠席か」
　先生は出席簿を記入しながら、今日もため息をつく。
　冬休みが終わってから１週間、学校で渉の姿は一度も見
ていない。

屋上にも何度か見に行ったけれど、渉は来ていなかった。

　冬休みに入る前から渉には会っていないし、連絡もなかった。

　渉に好きだと言っておいて、勇人を選んだのはあたしだ。

　渉はあたしのことをなんとも思っていなかったけど、ずいぶん勝手な女だと思ったはず。

　渉はクラスメートだし、これからもいままでのような友達でいたいなんて、あたしのわがままなのかな。

「アイツは一体なにしてるんだ……ったく」

　先生も渉を心配している。

　あたしもクラスメートだから、心配ぐらいしてもいいよね？

　あたしは思いきって、渉にメールを送ることにした。

　To：伊吹 渉
　＊＊＊＊＊＊＊＊＊＊
　何日サボるのよ？
　冬休みは終わったよ。
　早く学校来なさいっ！
　＊＊＊＊＊＊＊＊＊＊

　いくらなんでも、返事くらいくれるだろうと思った。

　けれど、渉から返事が来ることはなかった。

：：　勇人side　：：

　学校帰りのバスの窓から見える、バス停で俺を待っているしぃの姿。

　しぃと別れてから、学校生活もなにもかも楽しく感じなくなっていたけど、いまはちがう。

　俺はやっぱりしぃが好きで、大好きで。

　しぃがそばにいてくれるだけで、こんなにも世界はちがって見えるのだと感じた。

　放課後になるのが、毎日楽しみだった。

「勇人っ」

　バスから降りると、しぃがニコッと笑う。

　付き合っていた頃と変わらないしぃの笑顔に、胸の奥があたたかくなる。

「しぃ……寒かっただろ？」

　俺はしぃの首に、自分のマフラーを巻いてあげた。

「ありがとっ」

　俺は、しぃのこの笑顔が大好きで、泣いてる姿は見たくなかった。

　だからそばにいて、俺が笑わせてあげようと決めた。

　中学１年のとき、しぃに告白したときのことを、いまでも思いだす。

　あの日からずっと、しぃのことだけを想ってきた。

「勇人、緊張してるの？」

「会うの、久しぶりだからな」

「そんな緊張しないで大丈夫だよ」

今日はこのまま、しぃと一緒に穂香を迎えにいくことになっていた。

　しぃの妹の穂香とは、しぃと別れる前に何度か遊んだことがあったけど、俺のことは覚えていないかもしれない。

　いまだって、たったの４歳だ。

　もし覚えていてくれたとしても、車イスに乗る俺を穂香はどう思うのだろうか。

「穂香っ」

「おねぇーちゃーん！」

　保育園の門を入っていくと、しぃの姿を見つけた穂香がうれしそうに走ってくる。

「おねぇちゃんっ」

　勢いよく、しぃに抱きついた穂香。

　俺にも弟と妹がいるけど、この姉妹を見ていると本当に仲が良くて、少しうらやましい気持ちにもなる。

「おねえちゃん……このひとだぁれ？」

　穂香は俺を指さして、首をかしげた。

「穂香ってば、覚えてないのぉ？　勇人おにぃちゃんだよ。小さいときから何度も遊んでもらってるんだからね」

「ゆうとおにぃちゃん……？」

　穂香は腕を組み、必死に思いだしているようだ。

　真剣な顔をしている穂香がまた、微笑ましかった。

「穂香、ホントに覚えてないの？　ごめん勇人……」

「しばらく会ってなかったから仕方ないよ。なっ、穂香」

　俺は穂香の頭をなでた。

雨恋 >> 187

「ゆうとおにぃちゃんっ」
「俺を……思いだしたのか？」
　穂香は満面の笑みを見せると、小さな手で俺の手をにぎった。
「シャボンだま〜」
　穂香の言葉に、しぃは首をかしげた。
「シャボン玉？」
　穂香、俺を思いだしてくれたんだな。
「穂香と遊んだとき、よくシャボン玉してあげたじゃん。しぃが忘れてんのかよ」
「へへっ、ごめん。勇人」
　穂香が俺のことを覚えていてくれて、本当にうれしかった。
　あぶないからと断っているのに、穂香は一生懸命、俺の車イスをうしろから押してくれている。
「ゆうとおにぃちゃん、シャボンだまっ」
「そうだな、シャボン玉しような」
　俺と穂香の会話を聞きながら、しぃは微笑む。
「ちょっと、ここで待ってて。シャボン玉、家にあったか見てくるから」
　しぃの家の前に着くと、しぃはシャボン玉をさがしに家の中に入った。
　俺と穂香は、家の前で待つ。
「しゃぼんだま〜」
　うれしそうな穂香を見て、俺もつられて微笑む。

「あれ？　穂香、それなんだ？」

　穂香の斜めがけの黄色いカバンから、白い紙が少しはみ出ていた。

「これぇ？　ほのかねぇ、おてがみもらったのぉ」

「ラブレターか？　穂香モテるんだな」

「ちがうよぉ。わたるからもらったのぉ」

「……わたる？」

　保育園の男の子の名前かな。

「わたるはねぇ、おねえちゃんの……しゅきなひとだよぉ」

　胸がズキッと痛んだ。

「ゆうとおにぃちゃん？」

「ん？　なんでもないよ、シャボン玉まだかな」

"わたる"って誰なんだろう。

　穂香は"お姉ちゃんの好きな人"だと言った。

「おまたせーっ！　シャボン玉あったよ」

　しぃが家の中から笑顔で出てくる。

「あぁ、やろうぜっ」

　俺は、無理して明るく笑って見せた。

　３人でシャボン玉をして遊ぶ。

　穂香と楽しそうに笑っているしぃの横顔を見つめながら、俺は複雑な気持ちだった。

　家までの帰り道、俺は穂香の言葉が頭から離れなかった。

『わたるはねぇ、おねえちゃんの……しゅきなひとだよぉ』

　しぃは、もしかしたら俺と別れたあと、前へ進んでいた

のかもしれない。

　俺のために、一度は進んだ道を戻ってきてくれたのかな。

　いまは、それでもいい。

　俺は、しぃのそばにいたい。

「千鶴……」

　俺の家の前で、千鶴が体を震わせて待っていた。

　俺は車イスを止める。

「そんなとこでなにしてんだよ。風邪ひくだろ？」

「勇人……本気なの？」

「なにが？」

「あの子とは終わったんでしょ？」

　千鶴は、まっすぐな目で俺を見つめてくる。

「……俺は忘れられなかったから」

「あの子は？」

「俺のそばにいたいって言ってくれた」

　こんな俺でも、そばにいたいって。

　しぃは言ってくれたんだ。

「付き合ってるの？　私のことは？」

　千鶴の目には、涙があふれていた。

「ずっとそばにいたのは私なのに。私の気持ちに気づいて
たでしょ？　なんでいまになって気づかないフリするの
よぉ」

「ごめん、千鶴」

　千鶴の気持ちは、気づいてたけど。

　でも俺は、しぃが好きなんだ。

俺の初恋で、ずっとしぃだけを想ってきた。

　しぃは特別なんだよ。

「追いかけてもダメなの……？」

　俺の左肩に手をおいた千鶴は、俺の肩をぎゅっとつかんだ。

「勇人に好きになってもらいたくて、がんばったよ。勇人のことばかり考えて……」

　千鶴は声を震わせる。

「あの子なんかよりもずっと、勇人のことが好きなのにっ」

「……ごめんな。でも好きなんだ。忘れられなかった……。いまの俺には、しぃが必要なんだよ」

　千鶴は、俺の肩から手を離した。

「あの子じゃなきゃ、ダメなの？」

「うん……」

　千鶴は俺から目をそらすと、そのままなにも言わずに去っていった。

　しぃが必要だった。

　そばにいてほしかった。

　俺は後悔したくない。

　もう二度と、しぃを離したくない——。

：：　椎香side　：：

　もう１ヵ月以上、渉の姿を見ていない。

　校内では渉が学校をやめたという噂まで流れていた。

「はぁ……」

　机の上に頬杖をつくあたしは、ため息をつく。

「ラブラブのくせに、どうしたのよ？」

　前の席に座る繭が、振り向いてあたしを見た。

「勇人とケンカでもしたとか？」

「勇人はいつも優しいもん」

「じゃあ、なに？」

　そのとき、前から声が聞こえた。

「朝日。ちょっと職員室まで来なさい」

　そう言って担任は、教室を出ていく。

「呼びだしくらうなんて何事？　なんかしたの？」

　繭に聞かれても、とくに心あたりはなかった。

「ちょっと行ってくるね」

「はいよ」

　なんの用だろう……？

　あたしは職員室に向かった。

　そして、担任の口から衝撃的な言葉が飛びだす。

「このままじゃ留年だぞ」

「ええっ!?」

　驚いたあたしは思わず大きな声を出してしまった。

　留年なんて、嘘でしょ？

「あ、あたしがいくら成績悪いからって、先生ぇ……」

　ママになんて言えばいいの？

　留年？　成績が悪すぎて？

　一体、どうすればいいのよ。

「助けてくださいっ」

　あたしがペコッと頭を下げると、担任は小さなため息をついた。

「朝日……おまえじゃない。伊吹のことだ」

「え？　渉ですか!?」

「朝日とちがって、伊吹は成績優秀だが……」

「先生、ひと言余計ですけど」

「伊吹は、出席日数が足りない。このままだと留年決定だ。朝日は、伊吹の友達なんだろ？　なにか聞いてないか？」

「いえ、なにも……」

「そうか。連絡がつかないんだ。伊吹の家に行ってもいないし、一体どこでなにやってんだか……」

　このままじゃ渉が留年しちゃう。

　そんなのダメだよ。

　翌朝、あたしは穂香を保育園に送ったあと、渉のアパートへ向かった。

　初雪が降った日、具合が悪かったあたしを渉は自分のアパートにつれていって看病してくれた。

　渉に会っていないせいか、もう、ずいぶん前のことのような気がする。

雨恋 >> 193

　渉のアパートの下についた。

　見上げると、ちょうど渉の部屋のドアが開く。

　なんだ……渉、家にいるんじゃん。

「わ……」

　名前を呼ぼうとしたあたしは、その光景を見て両手で口

もとを押さえた。

　渉のアパートの部屋から出てきたのは、ちがう高校の制

服を着た派手な女の子。

　そのうしろから、部屋着姿の渉も出てきた。

　彼女は、渉の首に腕を絡ませたあと、キスをした。

　その光景を、あたしはただ見つめることしかできなかっ

た。

　バカみたい……あたし。

　渉のこと心配して、ここまで来たのに。

　あたしは、渉と目が合ってしまう。

　けれど渉は、表情を変えることもなく、女の子とキスを

続けた。

　なんで、こんなに胸が痛いんだろう。

　なんで、こんなにイヤな気持ちになるんだろう。

　あたしはその場から動けずにいた。

　そして、渉とキスをしていた女の子は、あたしの前を通

り過ぎて帰っていった。

「なんの用？　しぃちゃん」

　上下グレーのスウェットに、黒のダウンジャケットを羽

織った渉が、あたしの前にやってきた。

「なんの用って……」

　また渉はそうやって、なにもなかったような顔であたしの前で笑うんだね。

「渉、学校来ないと留年だって」

「あっそ」

「なにそれ。留年してもいいの？」

「ハハッ」

「笑うとこじゃないし」

　目を細めるあたしに、渉はニコッと笑った。

「あの女の子、誰なの？」

「んーとね、名前……なんつったかなぁ」

　あたしには関係のないことなのに、なんで聞いちゃったんだろう。

「名前もわかんないって、女なら誰でもいいわけ？」

「おととい来た子は、たしか……カナって言ったかな」

「最低だね」

「うん」

「何人の女の子に手ぇ出してんのよっ」

　あたしは、学校のカバンを思いきり渉に投げつけた。

「俺はもともとこういう人間だし」

「なんで、そんなこと言うの？」

「しぃになにか言われるすじ合いねぇから。女なんて、誰でもいい」

　渉は冷めた瞳で、あたしを見つめる。

「ホントに最低」

「前に言っただろ？　俺は最低なヤツだって」

　あたしは地面に落ちたカバンを拾う。

「つーか、そんなこと言うためにわざわざ来たのか？　ありがとな、しぃーちゃん」

　あたしは渉の頬を思いきりたたいた。

「……朝からなんだよ」

「アンタは……本気で人を好きになったことないんだね」

　涙があふれてくる。

「なんで泣くんだよ」

「……っく……っ……」

　あたしだって泣きたくて泣いてるわけじゃない。

　どうして泣いてるのか、わかんない。

　でも……苦しいんだもん。

「彼氏と仲良くやってんだろ？　俺なんかより彼氏の心配しろよ」

　渉はあたしから顔をそむけた。

「俺のことはもう、ほっといてくれよ」

「バカ……」

「あ？」

「アンタを心配したらいけないのっ!?」

　心配さえしちゃいけないの？

「もういいっ」

　あたしは泣きながら走っていく。

　自分でも、わかってる。

　勇人を選んだのはあたしで、渉はクラスメート。

でも……ほっとけないんだもん……。

「渉のバカっ」

　どうしてそんなに悲しい瞳をしてるの……？

　渉の過去はなにも知らない。

　でも、あたしと一緒にいたときは、悪いヤツなんかじゃなかった。

　最低なんかじゃなかった。

　優しくて、笑わせてくれて、あたしを心配してくれた。

　あたしの気持ちを、誰よりわかってくれた。

　穂香のこともかわいがってくれて、ママとも仲良くしてくれた。

　それがあたしの知ってる渉なのに。

　それから何日経っても、渉は学校に来なかった。

　このままじゃ本当に留年になっちゃうのに……。

　そんな心配をかかえたまま、放課後あたしは、勇人との待ち合わせのためにバス停に向かっていた。

「あれ……？　渉……？」

　バス停に向かう途中で、渉っぽい人を見かけた。

　不良っぽい人たちと一緒に、渉っぽい人が廃墟と化したビルの中に入っていく。

　渉……だったよね……？

　あたしの見まちがいではないと思う。

　あたしは、彼らのあとを追いかけた。

　コンクリートに囲まれたビルの中を進む。

雨恋 >> 197

　柱の陰からそっと様子をのぞくと、どうやら不良グルー
プが、渉ひとりを相手にケンカしようとしているみたい
だった。

　ざっと人数を数えても、８人はいる。

　大人数対ひとりって、完全に渉が不利じゃん。

　あたしが参戦したって、８対２。

　ダメだ、怖くて出ていけない。

　陰に隠れているあたしは、こっそりケータイから警察に
通報した。

　彼らに見つからないかドキドキしながら、向こうの様子
をのぞく。

「渉、覚悟はできてんだろ？」

　あの不良グループは、渉とどんな知り合いなんだろう。

「俺が勝ったら、約束守れよ」

　そう言って渉は、彼らをにらみつける。

　約束って……どんな約束なの……？

「わかったよ。約束な？」

　ひとりの男が渉に殴りかかる。

　渉はうまくかわすけど、彼らは次々と渉に殴りかかって
くる。

　このままじゃ渉が危ない。

　早く来てよ、警察……！

　あたしは黙って見ていられなくて、覚悟を決めた。

　渉に駆け寄ろうとしたそのとき、パトカーの音が遠くか
ら聞こえてきた。

「おい、こっち来るぜ？」

　相手のひとりが、窓から外をのぞいた。

「ちっ……逃げんぞ」

　彼らはその場からいなくなり、渉はお腹のあたりを手で押さえながら、地面に倒れこむ。

「渉……っ」

　地面に倒れている渉に、あたしは駆け寄った。

「……なんでおまえがここにいんだよ」

「渉がビルの中に入ってくのが見えたから……ねぇ、口から血が出てる……」

　渉の口に触れようとした手を、冷たく払われた。

「触んな」

　あたしから顔をそむける渉。

　払われた手で、あたしは自分の胸のあたりをぎゅっとつかむ。

　パトカーの音がすぐそばで聞こえたあと、足音がした。

　警察が来たのだとわかった。

「渉……んぐっ……」

　起き上がった渉は、あたしの口を手で塞いだ。

　そのまま渉はあたしを隅のほうへ連れていき、ふたりで物陰に隠れて様子を見つめる。

「通報があったのは、ここにまちがいないはずなんだが……誰もいないな」

「イタズラか？」

「まったく」

雨恋 >> 199

　警察官たちは、ぶつぶつ言いながら引き返していく。
「……っ」
　渉の顔が近くにあった。
　こんなときに、あたしバカみたい。
　渉にドキドキするなんて……。
　あたしには勇人がいるのに。
　渉にドキドキしてしまっている。
　渉への想いはもう、忘れるって決めたのに……。
　パトカーが走り去っていく音が聞こえて、渉がゆっくり
と口を開いた。
「おまえが警察呼んだの？」
　あたしはうなずく。
「だって、ケンカはダメだよ。あたしと約束したでしょ？
もうケンカはしないって……」
「おまえさ、俺のなんなんだよ？」
「え……っ」
「勝手に俺の中に入ってくんじゃねーよっ」
　乱暴にあたしを押し倒して、あおむけになったあたしの
上に渉は跨った。
　冷たい渉の瞳。
　あたしが目を閉じると、渉は言った。
「どうして抵抗しねぇんだよっ」
　あたしの閉じた目から、涙がこぼれた。
「……心配なの……渉が……」
　渉を見つめた。

あたしから離れた渉は、あたしに背を向けて座った。

寂しそうな背中……。

あたしは渉をうしろから抱きしめる。

「渉……どうしちゃったの？」

なにかつらいことがあるなら、あたしに話して。

「つらいときは……つらいって言っていいんだよ？」

ひとりで抱えこまないで。

悲しまないで。

「ひとりでがんばらないで……」

「……っ」

うしろからじゃ渉の顔、見えないから。

泣いても大丈夫だよ。

「渉……」

渉は静かに涙を流していた。

ビルを出たあと、ふたりで道を歩いていた。

渉はなにも話さなくて、渉になにがあったかもわからない。

言いたくないなら、渉から話してくれるまで聞かない。

でも無理はしてほしくなかった。

渉のことが心配でたまらなかった。

そのとき、あたしを呼ぶ声が聞こえた。

「しぃ……っ！」

声のほうを見ると、コンビニの前に勇人がいた。

勇人の姿を見てハッとする。

放課後、勇人と約束していたことをすっかり忘れてしまっていた。

「勇人……」

「今日会う約束してただろ？　ケータイにかけても出ないし、なにかあったんじゃないかと思って……」

　勇人は息を切らし、額には汗をかいていた。

　車イスを必死に押して、あたしを心配して、あてもなくさがしまわってくれていたんだ。

「ごめんね、勇人」

　あたしは勇人の前にしゃがみこみ、勇人の手をにぎりしめる。

「その人は……？」

　勇人はあたしのうしろに視線をうつした。

「えっ？　あ、あの……クラスメートの伊吹渉くん」

　勇人は、渉に軽く頭を下げた。

「初めまして。しいの彼氏で、桐谷勇人って言います」

「どうも……。じゃ、俺行くわ」

　そう言って渉は、向こうへ歩いていってしまった。

「心配かけてごめんね、勇人」

「無事だったからいいよ」

「あのね……あの……」

「ん？」

　勇人の目をまっすぐに見ることができずに、あたしはうつむく。

「しい、家まで送ってく」

「……うん」

　勇人はなにも聞かなかった。

　待ち合わせの場所に来なかった理由も、ケータイに出られなかった理由も、どこにいたのかも。

　なんで渉と一緒にいたのかも、なにも聞いてこなかった。

　渉が心配なのは、友達だから、クラスメートだから。

　あたしは必死にそう言い聞かせた。

　何度も忘れるって決めたのに。

「しぃ？」

「ん？」

「そういえば今日学校でさぁ……」

　勇人は、いつもと変わらない様子で話をする。

　でも勇人の笑顔を見たら、胸が苦しかった。

　あたしは、嘘をついたから……。

　自分を守るための嘘なのに、勇人のための嘘だと自分を納得させようとした。

　でも正直に話す勇気もなかった。

　すべてを話してしまったら、勇人を傷つけてしまう気がしたから。

　勇人がどこかにいってしまいそうな、

　そんな気がしたから……。

　次の日、１時間目がはじまるチャイムと同時に、渉が教室に入ってきた。

　久しぶりに見る渉の姿に、クラスメートたちがざわつい

た。

「伊吹、ずいぶん長い冬休みだったなぁ。早く席に着け」

「……はいはい」

　先生の嫌味をふくんだ言葉に、渉はかったるそうに返事
をして、窓側の席に着いた。

　渉と目が合った。

　昨日会ったけど、学校で渉に会うのはどれくらいぶりだ
ろう。

　学校に来てくれてよかった。

　すごく心配したんだからね。

　その日は、渉とちゃんと話す機会もないまま、授業も終
わってしまった。

　下校時刻になり、教室や廊下は生徒たちの声や足音で騒
がしかった。

　席に座っているあたしは、教科書やノートをカバンの中
に入れる。

　帰ろうと席を立ちあがると、渉があたしのところにやっ
てきて耳もとで言った。

「図書室で待ってる」

「えっ……？」

　驚くあたしを残して、渉はそのまま教室を出ていってし
まった。

「しぃ、帰るよー？」

　繭と亮太が教室の前の廊下から、あたしを呼んだ。

「ごめん、ふたりとも先に帰って？」

「なんかあるの？」

　首をかしげる繭に、あたしは必死に平静を装う。

「ちょ、ちょっとね……」

「じゃ、帰るね」

「うん、バイバイ」

　繭と亮太は、あたしに手を振って帰っていった。

「はぁ……」

　あたしはため息をつく。

　繭と亮太には正直に言えなかった。

　べつに悪いことをしているわけじゃないけど、でも言いだせなかった。

　あたしはカバンを持って、渉の待つ図書室へと向かう。

　あたしは図書室のドアを開けた。

　でも、渉の姿は見あたらない。

　しんと静まりかえっていて、誰もいないみたいだった。

　あたしは本棚の間を歩いて、奥のほうへと進んでいく。

「人のこと呼んでおいて……どこにいんのよ……」

　ぶつぶつ言いながら、渉をさがす。

　ふと、目に止まった本にあたしは手を伸ばした。

　すると、いきなりうしろから肩をトントンとたたかれ、振り向くと、彼の人差し指の先があたしの頰にささった。

「渉」

「しぃちゃん、俺の頼み聞いてくれる？」

雨恋　>> 205

　そう言って、渉は満面の笑みを見せる。
「な、なによ」
　すると渉は、うしろに隠し持っていた大量のプリントを
あたしに見せた。
「この課題やらないと、留年だとさ」
　まさかとは思うけど……。
「へぇ……がんばってね」
　あたしが歩きだそうとすると、渉はあたしの腕をぎゅっ
とつかんで離そうとしない。
「しぃちゃーん！　頼むよぉ」
「あたしに手伝わすために図書室に呼んだの？　やだよー
だっ」
「じゃぁ、離さねぇから」
　そう言って、渉はうしろからあたしを抱きしめた。
　この大きな胸の音が、聞こえちゃったらどうしよう。
「……は、離してよっ。バカ」
　あたしは渉の腕をほどいて、くるっと振り返る。
「手伝ってくれる？」
　なんで、そんなかわいい言い方するのよ。
「ひとりでやんなさいよっ」
「冷てぇな。昨日しぃが言ってたのは嘘だったのか」
「はい？」
　昨日……？
『ひとりでがんばらないで……』
　そう、たしかに言ったけどさ。

「あれは……」

　課題を手伝うために言ったんじゃないのに。

「よろしくっ」

「アンタって、ホント調子いいよね」

「そんな褒められても……」

「褒めてないっ！」

　渉はあたしに顔を近づけて、ニコッと笑う。

「手伝ってくれるよな？」

　お願いだから……。

　それ以上、顔を近づけないで。

「顔赤いよ？」

「う、うるさいっ」

　……負けた。

　放課後の図書室には、渉とあたしのふたりだけ。

　渉と向かい合ってイスに座り、ひたすらプリントの問題

を解いていく。

　なんであたしが手伝わなきゃならないのよ。

　あたしは渉をジッとにらむ。

「……そんなに見るなよ」

「目が疲れて眉間にしわが寄っただけです」

「しぃが敬語使うときは……怒ってるとき？」

「いいえ。あたしは心の広～い人間ですから」

　昨日、あんなこと言わなきゃよかった。

「しぃの彼氏……イケメンじゃん」

　胸がズキッと痛む。

「……まぁね」

　渉から目をそらしたあたしは、プリントを見る。

「あんなかっこいい彼氏、どうやって捕まえたの？」

　渉は明るい声で聞いてくる。

「中１のときに告白された」

「へぇ〜」

　あたしはプリントの問題に集中しようとするけど、渉は話を続ける。

「彼氏のどこが好き？」

「……髪が黒いとこ？」

「茶髪で悪かったな」

　あたしは書く手を止めて、顔を上げた。

「たまに黒いメガネをかけるのも、ちょーかっこいいんだから」

「ふーん」

　あたし、渉になに言ってるんだろう。

「本当に好きだった」

「おまえさぁ、"だった"じゃねーだろ？　過去系にすんなよ」

「だ、誰かとちがって優しいし、強引じゃないし、大人だし」

「そっか。見るからに良いヤツそうだったしな。しぃとお似合いだよ」

　渉は柔らかな笑顔を見せた。

「前にあたしと別れたのは……事件に巻きこまれて、車イスの生活になって。それであたしにつらい思いさせたくな

かったんだって……」

　事件に巻きこまれたと聞けば、普通は驚くと思ったけど、渉はあまり驚いている様子もなかった。

「だからあたし……勇人を大切にしなきゃ……」

「しぃが選んだ道は、正しいよ」

　あたしもそう信じてた。

　信じたかったよ。

「しぃ……？」

　なのにどうして、こんなに胸が苦しいの……？

　プリントの上に、ポタッと涙の粒が落ちた。

「目に……ゴミ入っちゃった……」

　そう言ってあたしは、目をこすった。

「しぃ……」

「ごめん、顔洗ってくるね」

　あたしが席を立って渉の横を通り過ぎようとすると、彼はあたしの腕をつかんだ。

「俺が……」

「え……？」

「俺がおまえを好きだって言ったら……おまえはどうする？」

　見つめ合うあたしたちの間に、少しの沈黙が流れた。

「な、なに言ってんの？　冗談やめてよ」

「……本気だったら？」

　渉が本気になるわけないじゃん。

　あたしは渉の手をほどいた。

「やめてよ」

「俺も……わかんねぇんだよ」

「ふざけないでよ」

「俺だって……初めてなんだよっ！　誰にも渡したくねぇって」

「嘘……でしょ……？」

「嘘じゃねぇよ」

　このとき、あたしは気づいた。

　渉を想う気持ちは、自分が思っていた以上に大きくなっていたんだって。

　あの日、胸の奥にしまったはずの気持ちなのに。

「あたしたち……やっぱり友達になることもムリみたい」

　このままじゃ勇人を裏切ることになる。

　自分の気持ちを抑えられなくなる。

「あたし、ずるいの。友達でもクラスメートでもいい、渉のそばにいたいって思ってた。渉を好きな気持ち消せなかったから……」

　ずっとごまかそうとしてた。

　自分の気持ち。

「でももう……ダメ……」

　背を向けたあたしは、涙を止められなかった。

　どうして……こうなっちゃうのかな……。

　うしろからそっと、渉があたしを抱きしめる。

「しぃ……俺は、おまえを苦しめたいわけじゃねぇから。おまえが望む通りにする」

「あたしは……勇人を捨てるなんてできない。そんなの絶対できないっ」

　繋いだ手を離したのは勇人で。

　その手をまたにぎりしめたのは、あたしだった。

　勇人はあたしを嫌いになって手を離したわけじゃない。

　あたしのことを想って、自分から手を離しただけ。

　勇人を大切にしたい気持ちは、嘘なんかじゃない。

　もう二度と、傷ついてほしくない。

　傷つけたくない。

　だからあたしは、勇人の手を絶対に離せない。

「……ごめんね、勝手で」

　あたしの言葉に渉は腕の力をゆるめた。

「ごめん、渉」

　あたしは渉を残して、図書室を出ていった。

：： 渉side ：：

しぃが図書室を出ていって、俺は壁にもたれかかった。

俺は手のひらを見つめる。

しぃの甘い香りが、抱きしめたぬくもりが、まだ消えない。

「なんで俺、あんなこと……」

しぃを困らせるつもりなんてなかったのに。

あんなこと言うつもりなんてなかったのに。

俺を選ばなくて正解だよ。

目頭が熱くなり、手で目もとを覆った。

こんなに誰かのことを想ったのは、初めてだった。

自分以外の誰かを大切にするなんて、俺は絶対にないと思っていた。

恋なんてしない、俺は人を本気で愛せないと思っていた。

あの人に捨てられた日から……ずっと。

それでもしぃと出逢って、しぃと過ごしているうちに、俺は変わっていった。

しぃは "悪いヤツなんかじゃない" って、俺を抱きしめてくれた。

俺は初めて自分の過去を後悔した。

純粋で、バカがつくほど世話好きで、誰よりも優しいアイツに、俺はそばにいてほしいなんて言えない。

しぃ……。

だけど、本当は俺。

おまえを誰にも渡したくない。

日も沈み、冷たい北風が吹く帰り道。

　空気が澄んでいて夜空の星がよく見えた。

　公園の前を通りかかると、ブランコのそばに誰かいるのが見えた。

　公園の外灯に照らされた顔をよく見ると、見覚えのある人物だった。

　あれは……。

「そこで、なにしてんの？」

　俺が声をかけると、そいつはゆっくりと顔だけ振り向いた。

「あ……えっと、しぃと同じクラスの伊吹くん……だったよね」

「伊吹渉。呼び捨てでいーよ」

　そこにいたのは、しぃの彼氏。

　車イスに座ったまま、ブランコの鎖をにぎっていた。

「じゃ、俺のことも呼び捨てでいいから」

　同い年でまだ16歳なのに、大人っぽいというか、どこか落ち着いた、その独特な雰囲気。

「ブランコに乗りたいのか？」

　そう俺が聞くと、勇人は首を振って笑った。

「いや……ただ昔を思いだしてただけだよ」

「昔？」

「しぃと、よくふたりでブランコに座りながら、くだらないこと話したなって」

「アイツと、なんかあったのか？」

雨恋 >> 213

「なにもないよ。でも毎日が本当に楽しかったんだ。あの頃は」

勇人は、ブランコを見つめたまま動かない。

「いまは楽しくねぇの？」

「そういうわけじゃないよ。でも、あの頃は俺の体は自由だったし、夢もあってさ。しぃはいつも応援してくれた。でも、いまのしぃは、無理してるんじゃないかって……どうしても不安をぬぐえなくて」

俺はなにも言えなかった。

「会ったばかりなのに、こんな話したりしてごめんな。なにも聞かなかったことにして」

そう言って勇人は、車イスを押しはじめた。

公園の帰り道、俺は勇人の少しうしろを、ゆっくりと歩いた。

「しぃは、クラスでどんな感じ？」

勇人は笑顔で俺を見る。

「俺、ほとんど授業出てねぇから、わかんね」

「ハハッ、そっか。なぁ渉」

「ん？」

「しぃと仲良くしてくれて、ありがと」

胸の奥がズキッと痛んだ。

「仲良くなんかねぇよ。アイツ、俺に説教ばっかりで」

「しぃが？」

「うるせーの、なんのって」

「俺の前では、どちらかといえばおとなしくて優しい女の

子けどな」

「それは、アイツが勇人に、かわいく見られたいんだろ」

「そうかな……?」

　勇人は寂しげな表情を見せる。

「なぁ……アイツと初めて話したのは、勇人のことだった」

「え?　俺のこと?」

「屋上で泣いてたよ、アイツ。勇人のこと忘れられねぇって……」

　しぃは、勇人を選んだ。

　その選択はまちがっていないと、俺は自分に言い聞かせた。

「ありがとな、渉」

「もう泣かせたりしねぇだろ?　アイツを信じろよ」

　しぃの幸せは勇人のそばにいることだ。

　俺のそばにいることじゃない。

「渉」

「ん?」

「しぃのこと好きなのか?」

　勇人のまっすぐな目。

「……好きだよ」

　俺の言葉に、勇人の表情は変わらなかった。

　なに言ってんだ、俺は。

「好きだよ。友達としてな」

　勇人の表情に、さっきのような笑顔はなかった。

「マジな顔すんなよっ」

雨恋 >> 215

「女の子としてじゃなく？」

　勇人は、俺としぃの仲を疑っているのだろうか。

「しぃの彼氏は、勇人だろ？」

　すると、勇人はうつむきながら言った。

「もしかして、俺としぃがヨリ戻す前……ふたりははじまっていたんじゃないのか？」

「はじまるってなにが？　なにもはじまってなんかねぇよ。友達だって言ってんだろ？」

　俺は明るい声で、自分の嘘を隠した。

「ごめんな、渉。俺はしぃのこと、よく知ってるんだ」

「あー、小学校から一緒なんだっけ？」

「話そらすなよ」

「べつにそらしてねぇよ」

「しぃがいま想ってるのは俺じゃない。渉も……しぃのこと好きなんだろ？」

　勇人は車イスを止め、俺の目を見つめた。

「勇人……おまえ案外、弱いんだな。大人なフリして、クールぶってるくせに」

　俺の言葉を聞いて、勇人は俺をにらみつける。

「殴れば？」

「俺は殴れない。殴ったら、自分が転んで。起き上がるにもすごく時間がかかるんで」

「……しぃが怒ると敬語になるのは、勇人の影響なんだな」

「しぃが好きなんだろ？　お互い想い合ってるんだろ？……俺がふたりを引き裂いたのか？」

「何度も言うけど、はじまってなんかねぇから。それにしぃ
は勇人を想ってる。俺じゃねぇよ」

　俺は勇人の肩に手をおいた。

「心配すんな」

「自信がないんだよ。俺のほうがいいよなんて言えるもの
はひとつもない」

　そう言って勇人はうつむき、目もとを手で押さえた。

「完璧な人間なんていねぇだろ」

「渉のほうが俺よりも……」

　俺は勇人の言葉をさえぎって言った。

「俺はいい人間じゃねぇから」

「完璧な人間なんて、いないんだろ？」

　そうだよ。

　完璧な人間なんていない。

「それでも、必死に生きてる人間と、悪いことをする人間
とじゃ全然ちがう」

　俺の人生は、どこでまちがったんだろう。

　こんなはずじゃなかった。

　俺は何度、そう思っただろう。

「俺は、初めて過去を消したいって……人生やり直したいっ
て思った」

「それは……しぃのために……？」

　俺の過去を知ったら、きっとしぃは俺を軽蔑する。

　でも過去を変えることなんかできない。

「本当にしぃを好きなんだな」

雨恋 ≫ 217

　勇人の言葉に、俺はうなずくことも首を振ることもしなかった。

「安心しろ。しぃは勇人と別れねぇから。おまえのそばにいるって言ってた」

「渉」

「ん？」

「しぃは、黒髪が好きなんだ」

「は？　急になんだよ」

　俺の言葉を無視して、勇人は手を振って帰っていった。

「意味わかんね……黒髪がなんだよ？」

　俺は勇人の姿が見えなくなるまで、その場から動かなかった。

　俺には、しぃを奪う勇気なんてない。

　俺の過去を知られて、しぃに嫌われたくない。

　もう、忘れよう。

　ほしいと願えば、失ってきた。

　だれも愛さなければ、あんな思いしなくてすむ。

　いらない。

　そう何度も、心の中で繰り返してきた。

　いらない……誰もいらない。

思い出の海

：：　勇人side　：：

　しぃが渉を好きになった理由がわかったよ。

　普通なら、車イスのことだってなんか言うはずだ。

　俺が逆の立場だったらきっと、なにをしてやれるんだって責めていたかもしれない。

　でもアイツは……渉はちがった。

　それから１週間以上が経った。

　日曜日の今日、俺はしぃとデートの約束をしていた。

　中学１年の夏、まだしぃと付き合う前のことだった。

　亮太と繭と４人で遊びに行った海に、今日はふたりで行くつもりだ。

　いつものバス停で、しぃがやってくるのを待つ。

「おまたせーっ！　勇人っ!!」

　しぃは、明るい笑顔でこっちに走ってくる。

「ハァ、ハァ、おまたせっ」

「全然待ってないよ。行こっか」

　俺たちの思い出の海へ、どうしても行きたかった。

　人通りのない海岸沿いの道。

　いまにも雨が降りだしそうな空の下、しぃが俺の車イスを押しながらゆっくりと歩く。

「ごめんな、冬に海なんて」

「ううん、懐かしいね」

「しぃ、ちょっと止めて」

　俺は自分のマフラーをとる。

　うしろを向いて、しぃの首に自分のマフラーを巻きつけた。

「ありがとっ」

　季節はずれの海。

　少し行くと、海を眺められる白いベンチがあった。

「このへんでちょっと止まろうか」

「うん。そだね」

　しぃの手をかりて、俺は車イスからベンチに移動した。

　しぃも俺のとなりに座ると、俺の肩にもたれかかった。

　ここから見える景色は、手前の砂浜と、海と空だけだった。

「晴れてたら、もっときれいだったな」

「また、いつか来ようよ」

　しぃは微笑んで、俺の手をにぎりしめる。

「……冷たい手だな」

「ふふっ、心があったかいからね」

「そうだな。優しすぎるよ、しぃは……」

　俺の言葉に、しぃは満面の笑みを見せる。

　胸の奥が苦しかった。

　このまま時間が止まればいいのに。

　なにもない場所で。

波の音しか聞こえない優しい世界で。

　ただ穏やかに、ふたりだけで生きていけたらいいのに。

　そんな夢みたいなことを思いながら、しぃの手をにぎりしめていた。

　あの頃に戻れたら、どんなに幸せだろう。

　そう何度も思った。

「しぃ……」

「ん？」

「俺を……抱きしめてくれる？」

「うん」

　しぃは、俺の体を優しく包みこむように抱きしめた。

　このままずっと一緒にいられたら、どんなに幸せだろう。

　俺はそっと目を閉じる。

「最後にもう一度、しぃとこの海に来られてよかった……」

　しぃは俺の体を離す。

「なに？　最後って……」

　言える、大丈夫。

　いま言わないと言えなくなる。

　本当はここに来るまで、ずっと迷っていた。

　でももう、決めたんだ。

「別れよ……俺たち」

　もう終わりにしよう。

「……なに言ってるの？」

　俺だって悩んだよ。

　しぃが好きだから。

雨恋 》》 221

　いまでも、大好きだから。
「理由があったとはいえ、俺は一度、しぃを捨てた」
「それは、あたしのためなんでしょ……？」
「泣かないで」
「……なんで急にそんなこと言いだすのぉ？」
　俺は親指で、しぃの涙をそっとぬぐう。
「しぃは、俺をかわいそうな人間だと思ってる？」
「え……？」
「どうして……なんで渉を好きだって言わないんだよ。俺
は、しぃから同情なんてされたくない」
「ちがう、同情なんかじゃ……勇人のこと大切だもん」
　泣かないで……。
　俺のせいで、いままでたくさん泣いたんだろ……？
「なぁ、しぃ……俺らは２年半付き合った。出逢ったのは
小学生のときだから、もう出逢って10年近く経つ。しぃが
俺を想う気持ちは、好きとかそういう気持ちじゃない。情
だ。家族とかに感じるような愛情だよ」
「ちがうよ、勇人……」
「大切なものはひとつじゃないんだよ。でも好きな人は、
たったひとりだ。しぃが好きなのはアイツだろ？」
「ちが……っ」
　平気なフリをして、俺は涙をこらえて笑顔を見せた。
「俺はもう大丈夫だよ。しぃにもう一度会えてよかった。
あのまま別れたきり二度と会えずにいたら、しぃのことを
一生ひきずったかも。今度こそ、あきらめつく」

「ちがうって言ってるでしょっ！」

　しぃは、泣きながら叫んだ。

「なんで信じてくれないの？　あたしの気持ち……」

「俺のために……嘘つかせたくない……」

「ねぇ、勇人……なんでいつも大事なことはそう、一方的なの？　あたしの気持ちは無視なの……？」

「しぃは優しいから……俺を見捨てられないだろ？」

　しぃが誰より優しい子だって、俺は知ってる。

　なのに、その優しさに一度でも甘えようとした俺が許せない。

　しぃの気持ちに気づいてからも、見て見ぬフリをしようとした。

　俺のわがままで、俺がしぃのそばにいたくて。

　しぃの笑顔で、俺はもう一度幸せを感じることができたから。

　本当にごめんな……。

「あたし……勇人のそばにいちゃダメなの？」

　しぃは、泣きながら俺の胸にしがみついた。

「……あたしじゃダメなの？」

　しぃ……ありがとな。

「もう……好きじゃないの？　あたしのこと……」

「好きだよ。俺はしぃが好きだから……だから別れたい」

　誰よりも大切で、誰よりも好きだよ。

　だから……。

「俺はしぃがいなくても、大丈夫なように強くなるから」

雨恋 **»** 223

「あたしと二度と逢わないつもり……？」

　二度と逢えなくなるかもしれない。

　想像しただけで、つらい。

　俺は泣きそうになるのをこらえて、うなずいた。

「勇人……あたしは勇人のそばにいたい」

　涙でグシャグシャになったしぃの顔を見るのがつらく
て、俺はしぃから顔をそむけた。

「なにか言ってよぉ……勇人……」

「俺は大丈夫だから……だから、もう泣かないで」

　俺の初めての恋は、君だった。

　初めて手を繋いだのも、君だった。

　初めてのキスも、君だった。

　愛しいとか、そんな言葉も、君と出逢って初めて知った。

　好きだからそばにいたいと思った。

　好きだから笑顔を見たいと思った。

　でも、好きになりすぎて、苦しかった。

　俺は、離れることを選ぶよ。

　俺じゃ幸せにできないと思ったから。

「しぃ……」

　俺は右手でそっと、しぃの頬に触れる。

「本当に……好きだった……」

　そうつぶやいた俺は、しぃと唇を重ねた。

　本当に好きだったよ、しぃ……。

　生まれて初めて、こんなに悲しいキスをした。

　これで、終わりにしよう。

俺は、唇を離した。

「ごめんな」

　俺は、しぃの頭をなでる。

「俺は……しぃが幸せになってくれたら、未練は残らないよ」

　すぐに忘れることはできなくても、しぃが幸せになってくれたら、きっと。

　今日のことを後悔しないと思う。

「俺じゃなかったんだって、そう思える。だから……絶対に幸せになれ」

「勇人……っ」

「絶対に幸せになれよ」

　しぃは、俺の腕をぎゅっとつかむ。

「ここから……ひとりで帰れるよな？」

　しぃは、泣きながら首を横に振る。

「俺と付き合ってた頃のしぃとは、もうちがう。あの頃みたいに弱くない。しぃは強くなったよ」

　しぃは何度も首を横に振る。

「でも、寂しいときやつらいときは、我慢しなくていい。これからは俺じゃなくて、アイツがそばにいてくれるよ」

　渉が、しぃを守ってくれる。

「もう嘘つかなくていいんだよ」

　俺のために我慢しないで。

「ごめんね……ごめん、勇人……」

「しぃはなにも悪くない」

「勇人を傷つけるつもりなんてなかったの……でもあたし……っ」

「もうなにも言わなくていいよ。俺こそ、ごめんな。本当にごめん……」

　しぃは、俺を抱きしめる。

「勇人……」

「幸せにできなくてごめん」

　絶対に幸せになれ。

　空からは、霧のような細かい雨が音もなく降っていた。

　しぃが帰ったあと、俺はひとりベンチに座ったまま海を見つめていた。

　寂しさも、切なさも、愛しさも。

　しぃへの想いを全部……ここに置いていこう。

　傷つけて、ごめん。

　泣かせて、ごめんな。

　だけど、しぃと出逢えてよかった。

「勇人……っ」

　うしろから聞こえた声に、俺は振り向く。

　そこに立っていたのは、千鶴だった。

「やっと見つけた」

「なんでここに？」

　俺が驚いていると、千鶴はそばにきて俺のとなりに座った。

「勇人のお母さんに聞いてきたの」

千鶴はキョロキョロとまわりを見る。

「あの子は？」

「……帰ったよ」

「は？　勇人をおいて？」

　険しくなる千鶴の表情を見て、俺はため息をこぼす。

「俺がひとりで帰れって言ったんだよ」

「ひとりで？」

「そう」

　千鶴はジッと俺の顔を見る。

「あの子と別れたの……？」

「……うん」

　俺は海を見つめる。

「千鶴は、こんな遠くまで、どうして来たんだよ」

「最近の勇人……なんか心配だったから」

「だからって、ここまで来るなんて」

「泣いていいよ、勇人。私が来る前……泣いてたんでしょ？」

「泣いてないよ。雨でそう見えるだけじゃん？」

「……目が赤い」

「千鶴には関係ない……」

　冷たい言い方で、冷たい言葉で。

　いままで何度も千鶴を突き離してきたのに、それでも千鶴は俺を追いかけてきた。

「……私がそばにいたらダメ？」

　俺の手の上に、千鶴は自分の手を重ねる。

「あの子がいなくても、私がいるから」

千鶴は、俺の目をまっすぐに見つめた。

「私はずっと……勇人だけを想ってる」

「千鶴、俺は……」

　千鶴は急に立ち上がる。

「ちょっと待ってて」

「え？」

　千鶴は俺を置いて、浜辺のほうに走っていく。

「なにする気だよ……」

　ため息まじりにつぶやいた俺は、千鶴の姿を目で追いかける。

　そばに落ちていた太い木の棒で、砂浜に大きな文字を書きはじめた。

　雨の中、あんなに必死になって、なにやってんだよ。

「勇人──っ！」

　文字を書き終えると、千鶴は砂浜からベンチに座っている俺に向かって大きな声で叫ぶ。

「この文字が、あと１時間だけ波に消されなかったら、またリハビリはじめてねー！」

　砂に書かれた文字。

"ガンバレ勇人"

　千鶴の姿を見つめながら、俺は気づいたら笑顔になっていた。

「……わかった」

「えーっ？　なんて言ったぁー？」

　手を耳にあてながら、千鶴は笑顔で俺のところに走って

くる。

「なんて言ったのよー！」

「なんも言ってない」

「もぉ」

　優しい雨の中で、俺たちは笑い合った——。

　いつかは、忘れられるだろうか。

　大好きな君を、思い出にできるだろうか。

　思えば、しぃに恋をした幼いあの日も、今日みたいに優しい雨が降っていた。

　雨の中ではじまった俺の初恋は、雨の中で終わりを告げた。

　ただ前を見て。

　立ち止まらない、振り返らない。

　でも、君の幸せを祈ってる。

：：　椎香side　：：

"絶対に幸せになれ"

　勇人の言葉。

　勇人の想いを、無駄にしたらいけないってわかってる。

　だけど彼は……。

　渉は、いなくなったの。

　あたしの前から、姿を消したの――。

下巻に続く

この作品は2012年8月に
弊社より単行本として刊行されたものを文庫化したものです。
この物語はフィクションです。
実在の人物、団体等とは一切関係がありません。
一部、飲酒や喫煙に関する表記がありますが、
未成年者の飲酒や喫煙等は法律で禁止されています。

白いゆき先生への
ファンレターのあて先

〒104-0031
東京都中央区京橋1-3-1
八重洲口大栄ビル7F

スターツ出版（株）書籍編集部 気付
白いゆき 先生

涙空 上 ～雨上がりにキスをして。～
2017年3月25日 初版第1刷発行

著　者	白いゆき
	©Shiroiyuki 2017
発行人	松島滋
デザイン	カバー　齋藤知恵子
	フォーマット　黒門ビリー＆フラミンゴスタジオ
ＤＴＰ	朝日メディアインターナショナル株式会社
編　集	相川有希子　酒井久美子
発行所	スターツ出版株式会社
	〒104-0031 東京都中央区京橋1-3-1　八重洲口大栄ビル7F
	ＴＥＬ　販売部03-6202-0386（ご注文等に関するお問い合わせ）
	http://starts-pub.jp/
印刷所	共同印刷株式会社
	Printed in Japan

乱丁・落丁などの不良品はお取替えいたします。上記販売部までお問い合わせください。
本書を無断で複写することは、著作権法により禁じられています。
定価はカバーに記載されています。

ISBN 978-4-8137-0225-2　C0193

ケータイ小説文庫　2017年3月発売

『涙空 下』白いゆき・著

自分の気持ちにハッキリ気づいた椎香は、勇人と別れ、渉へ想いを伝えに行く。しかしそこで知ったのは、渉がかかえるツラい過去。支え合い、愛し合って生きていくことを決意したふたり。けれど、さらに悲しい現実が襲いかかり…。繰り返される悲しみのあとで、ふたりが見たものとは──？
ISBN978-4-8137-0226-9
定価：本体530円+税

ブルーレーベル

『俺のこと、好きでしょ？』＊メル＊・著

人に頼まれると嫌と言えない、お人好しの美月。その性格のせいで、女子から反感を買い落ち込んでいた。そんな時、同じクラスのイケメンだけど一匹狼の有馬くんが絵を描いているのを見てしまう。美しい絵に心奪われた美月は、彼に惹かれていくが、彼は幼なじみの先輩に片想いをしていて…。
ISBN978-4-8137-0223-8
定価：本体580円+税

ピンクレーベル

『俺の言うこと聞けよ。』青山そらら・著

亜里沙はパン屋のひとり娘。ある日、人気レストランのベーカリー担当として、住み込み修業してくるよう告げられる。そのお店、なんと学年一モテる琉衣の家だった！　意地悪で俺様な琉衣にお弁当を作らせられたり、朝起こせと命じられたり。でも、一緒に過ごすうちに、意外な一面を知って…？
ISBN978-4-8137-0224-5
定価：本体590円+税

ピンクレーベル

『トモダチ崩壊教室』なぁな・著

高2の咲良は中学でイジメられた経験から、二度と同じ目に遭いたくないと、異常にスクールカーストにこだわっていた。1年の時に仲良しだった美琴とクラスが離れたことをきっかけに、カースト上位を目指し、騙し騙されながらも周りを蹴落としていくが…？　大人気作家なぁなが贈る絶叫ホラー‼
ISBN978-4-8137-0227-6
定価：本体590円+税

ブラックレーベル

書店店頭にご希望の本がない場合は、
書店にてご注文いただけます。